《王三堂日记》
『如是』系列

书山拾珍如是赏

王离湘题

王三堂◎著

花山文艺出版社

图书在版编目（CIP）数据

书山拾珍如是赏 / 王三堂著. 一石家庄:花山文艺
出版社，2017.1
（《王三堂日记》"如是"系列）
ISBN 978-7-5511-1759-3

Ⅰ.①书… Ⅱ.①王… Ⅲ.①读后感－作品集-中国-当代 Ⅳ.①I267

中国版本图书馆CIP数据核字(2017)第264759号

丛 书 名：《王三堂日记》"如是"系列
书　　名：书山拾珍如是赏
著　　者：王三堂

责任编辑：李　鸥
责任校对：林艳辉
封面设计：景　轩
美术编辑：胡彤亮
出版发行：花山文艺出版社（邮政编码：050061）
　　　　　（河北省石家庄市友谊北大街330号）
销售热线：0311-88643221/29/31/32/26
传　　真：0311-88643225
印　　刷：大厂回族自治县正兴印务有限公司
经　　销：新华书店
开　　本：700×1000　1/16
印　　张：17.25
字　　数：200千字
版　　次：2017年11月第1版
　　　　　2017年11月第1次印刷
书　　号：ISBN 978-7-5511-1759-3
定　　价：36.00元

写在前面的话

感谢您与此书的相遇，与书相遇就是与作者相遇。漫漫书海、芸芸众生，你我的相遇是多么难得的机缘！既然有缘，就请允许我向您说几句话。

首先介绍一下我自己。我叫王三堂，是一个从革命老区平山县大山里走出来的人。我从最基层的村民兵连长、指导员做起，在村、乡、县、市四级党政正副职岗位上几乎都工作过，还曾有过县林业部门、省委组织部门的工作经历，2013年初，由秦皇岛市委书记调任河北省政协工作。四十年来可谓风风雨雨，但也丰富多彩；遑论有何建树，但却问心无愧。我从另一个角度作个自画像吧：我是一个极想好好做人、好好做事、好好做学问，又感到做得不够好，但会一直毫不懈怠地做到底的人。

下面介绍一下《王三堂日记》。我从小就有写日记的习惯，但这次辑印的日记是1999年以来写的。我的日记可谓：既有工作体会，又有生活感悟；既有读书笔记，又有哲思小品；既有纪实之笔，又有诗文篇章；既有"庄"的话题，又有"谑"的意趣，甚或梦中境象。概之，就是把多年来所见、所闻、所思、所想、所读、所为，从心所欲、信手拈来，择其要者录之是也，大体上反映了我工作、生活、读书、修养的心迹历程。

我从小酷爱读书，几十年如一日，以书为师，以书为友。我读书始终注意两个结合：一是注意博精结合。我对经典书会百遍、千遍读之、诵之、研之，此谓精也；对一般工作所需之书，缘遇及兴趣所及之书，则泛读广览，多多益善。二是注意读写结合。对一些重要的、有感触的书，不仅或勾或画，或摘或抄，更注意将所思、所悟、所得，随时录之笔端。几十年下来，亦成"宏篇巨制"矣。此书即是从我的读书笔记中选出来的一部分。

至于《书山拾珍如是赏》书名的由来，不难理解。牛顿曾经说过："我只是一个在海边玩耍的孩子，偶尔拾起一个贝壳。"因为他怀着谦卑的心，所以拾到了最美丽的贝壳。海边有贝壳，山上有珍宝。我是一个在玄妙莫名的书山遨游的"孩子"，有幸拾到了珍贵的珠宝，不仅自己爱不释手，珍惜赏玩，且愿将"自珍""敝帚""献芹"诸君。因我所"拾"之"珍"是"孩子"之见，故不揣鄙陋，以就教于大家。我将"所拾之珍"归纳为九类，内容直抒胸臆，多是兴至所作；见解未必精当，力求独辟蹊径。此书若能给您带来些许哲思启迪并产生心灵共鸣，我就心满意足了。

如果您对我其他的作品内容感兴趣，即请阅读我另外的"如是系列"丛书与《王三堂日记》。

王三堂

序　言

□ 王离湘

　　近年来，王三堂连续出版了几本读书笔记，形成了"如是"系列丛书，引起文化界的普遍关注。其中的一些作品流传网络，得到网上读者的一片赞誉。最早，我也是在微信平台读到这些文章，文章思想深邃、行文优美，令人深为折服。在我的建议下，王三堂利用省图平台开设了公益讲座，反响很好。这部《书山拾珍如是赏》是王三堂"如是"系列的又一力作。稿成之际，我有幸先阅，读来如春风拂面，读后更似春雨润心。行将出版，王三堂嘱我作序，遂欣然应允。

一

　　儒家经典《论语》里讲，"有德者必有言"，汉代扬雄在《法言》中也说，"言，心声也"。实质上，"文如其人"一直是中国古典文论的一个重大命题。王三堂的作品正是如此。他的所经所历、所思所想、所感所悟，凝聚在心，发而为文，深刻反映着他高山仰止、景行行止的不懈追求，反映着他驰而不息、久久为功的学思践悟，反映着他高尚的

3

道德情操和深厚的人文修养。

王三堂作为一名领导干部，在工作、生活的不同时期、不同地方，对中西哲学、传统文化、人文艺术等，总是持之以恒地学习、提炼、实践，此种精神令人钦佩。他善于从工作生活中，抓住灵感迸发的"一刹那"，形成思想智慧的结晶。《书山拾珍如是赏》一书中，谈读书、谈学习、谈修养，这类文章占了不小的比重。这些都是他自身学习历程的真实记录，恰恰也反映出其思想发展成熟的过程。我们可以看到其学之广：既有中华优秀传统文化中的儒、释、道，也有西方宗教哲学理论，还有现代科学理论，包括现代管理学、心理学、现代经济学。在《上帝会怎样》一文中，甚至包含了现代物理学前沿领域——量子力学的一些元素。我们也可以看到其学之新：王三堂的学习涉猎广泛，但并非简单的"拿来主义"，而是坚持做到"去粗取精、去伪存真、由此及彼、由表及里"，并以自己的深刻领悟去阐发其新颖新奇之处，很多篇章读来令人耳目一新。我们还可以看到其学之用：作为一部以体悟偶思为主的文集，其非同一般之处在于，把自己的所思所想、所感所悟提升为世界观和方法论，借助文字的载体传之于众。譬如，文集单辟《读书感言篇》，不仅谈读书，还谈交友、谈阅报、谈看电视、谈家庭教育，凡此种种，对于现实生活具有很强的指导意义。

二

中国传统思维模式向来强调以小见大、见微知著。王三堂无疑是一位"解剖麻雀"的高手，他善于发现细节、感受细节，由此发散出对人生、对世界的哲性思考，领悟人生的真谛。当然，这些思考和领悟，并非凭空而来，而是深深根植于其深厚的优秀传统文化积淀。另一方面，他又善于运用历史唯物主义和辩证唯物主义的基本立场、观点、方法，认识问题、认识世界、认识人生、认识自我，这反映了他深厚的马克思主义理论功底。

《书山拾珍如是赏》全书共分九篇，有六篇都涉及中华优秀传统文化内容。其中，《读"经典"篇》应为总纲，提纲挈领地谈到对在中华历史长河中沉淀的"经"的思考，对儒、释、道文化的"偶思""再思"。其可贵之处在于，并不单纯就儒谈儒、就释谈释、就道谈道，而是以比较文化学的视野，超越文明、国家、民族的界限，客观中肯地谈认识、谈见解。如果没有对中华优秀传统文化的深入学习和深刻认识，恐怕是很难做到这一点的。从这样一种开局出发，下面分设《读"儒"篇》《读"释"篇》《读"道"篇》等，由浅入深、由抽象到具体地将各家理论精义条分缕析、娓娓道来。不仅如此，此书以儒、释、道文化精粹为底，注入作者本人的生活体悟，从而使其中表达的思想始终带有现实主义的鲜明色彩，避免了"形而上"，做到了"接地气"。

《书山拾珍如是赏》一书处处体现着马克思主义哲学的理论要义。譬如，在《新、心》一文中，先是单纯地谈理论，分别引用了儒家所说"苟日新、日日新、又日新"、释家所说"应无所住，而生其心"、道家所说"圣人无常心，唯百姓之心是心"，然后，宕开一笔，谈到我们党的理论主张"与时俱进、开拓创新"，谈到西哲所说"太阳每天都是新的"，由此引申开来，发出"何物不如斯"的反问，从而使理论思辨落脚到客观现实，落脚到物质世界。书中对辩证法的娴熟运用随处可见、俯拾皆是，作者从辩证统一的角度看入世与出世、从众与不从众、得与失、忠与孝、大人与小人、防民之口与防己之口，等等，正是在对这些矛盾对立的理论剖析中，阐发个人见解，从而增强了说理的真实性和可信度。

三

宋代黄睎曾说："学而不知道，与不学同；知而不能行，与不知同。"知与行，自古以来就是中国知识分子尤为关注的一个命题。在《书山拾珍如是赏》中，通过对文本的解读，我们欣喜地发现，王三堂对中华传统优秀文化，对儒释道精义，对诸子百家经典学说，做到了以知促行、以行促知、知行合一。

"知行合一"是阳明心学的核心，强调的是知与行的统一，简单来说，就是"想的与做的一样好"。王三堂对此应该是颇有心得。书中单设一篇《王阳明与知行合一》，结合自身体会，谈到对"知行合一"的认识，有理有据，很有见地。不仅如此，王三堂将中华优秀传统文化所提倡的修身养性、处事为人的基本准则，作为工作生活的根本遵循，一以贯之，践行不辍。我与王三堂有过一段很深的工作交集。在邢台工作期间，王三堂担任市委副书记，我作为市委常委、秘书长，他是我的主管领导。那段时间，我们一道工作、生活、学习，我本人得到过他的很多关心和帮助。后来，服从组织安排，大家到不同地方工作，但在我的印象里，他始终是一个善于学习、勤于思考，严于律己、宽以待人的领导干部，是工作生活中的良师益友。

总的来说，《书山拾珍如是赏》一书思想质朴，言辞简约，意义隽永。读这些文章，是一种心灵的交流，也是一种精神的享受，更是一种思想境界的提升。由此来看，王三堂的这些作品，已不仅仅是个人感悟小品的性质，而是作为中华优秀传统文化的有效载体，发挥着传播知识、传承文化、传扬文明的重要作用。在此，要表达对王三堂同志的深深敬重，对于中华优秀传统文化的无比敬畏，同时，也对我们建设文化强省，实现中国梦、文化梦更加充满信心。

是为序。

书香氤氲气自华

□ 李中贤

　　《书山拾珍如是赏》是一本厚重的书。说它厚重，并非是论其篇幅之长短，而是指它的审美品格和思想锋芒。

　　作者王三堂即是勤学善思的一个典型。他在繁忙的工作之余，不仅好读书，而且亲自动笔梳理总结自己的阅读识见。他博览群书，孜孜不倦，持之以恒，一天，一月，一年，数年，数十年，无论多忙，始终未有间断。最为可贵的是，他的读书风格也与众不同，读书不仅为充实自身的知识矿藏，而且将其化为生活的坐标，人生的指南，与那些浮光掠影式的象征式读法，不可相提并论。此书中所录九辑文稿，篇篇深入书的本质与内核。对于各位圣哲之书，绝不轻易拿来我用，而是深刻领会，细心体验，或另有新解，或有所发挥。这种读书的内功，显示出作者思想的成熟。他一边阅读，一边思考；对传统经典的解读，言简意赅，深入浅出，别具一格。通过这些凝重而富有哲理意味的文字，将读书的境界挥洒到新的高度，一如大海淘宝，书山拾珍，收获的尽是珍奇珠贝。

　　作者时而与天地对话，时而与时空对接，其境界已超越读书本身。在他的笔下，书与时间、空间拧成一个相互扭结的链条，一条文脉贯通古今，包罗人间万象。他尽情地在书山文海中遨游，与先哲和当今各种流派的观念、理论碰撞出思想火花。他在书山拾珍，经过自己的思想过滤，然后作出缜密筛选。他谈经论道，抒发心得，时有惊人之语闪烁光芒，直抵读书的本质和真谛，焕发出独特的艺术魅力。

C目录
Contents

第四辑　读"道"篇

第五辑　读《易》篇

第六辑　读《圣经》篇

第七辑　管理学篇

第八辑　其他篇

第一辑

读『经典』篇

读经典四题

一、为什么要读经典

读经典就是请到了最好的老师，就是交到了最好的朋友，就是谈到了最好的情恋。读经典使你领略了最可口的人生大餐，使你站在了思想的峰巅，使你有了"一览众山小"的慨叹。读经典使你获得无尽的智慧源泉，使你变得精进而淡泊、坚强而和缓。在某种意义上讲，读十本一般的书不如把一本经典读十遍。

二、什么样的书是经典

圣贤之作是经典，有修有证者之作是经典，经久不衰之作是经典，百读不厌之作是经典。三百六十行，行行有经典。读经典也要认真拣选。要选共性、共认的经典，要选人生、哲理的经典，要选与自己生活、工作、爱好联系紧密的经典。

三、经典读不懂怎么办

经典读不懂很正常。经典那么容易懂，或许就不能称其为经典。读不懂经典是因为你读经典少，想读懂经典的最好办法就是硬着头皮、耐着性子读经典。经典是宝藏，取之不尽，用之不竭；经典是大海，辽阔无垠，深不可测。读经典不能得少为足、浅尝辄止，要十遍、百遍地读。"读之，读之，鬼神告之。"这个鬼神不是别的，就是自己的觉性和良知。一般的书、解析经典的书不是不可看，但这些书应作为入门的向导，还是要导向经典。

四、读经典感觉受益不大怎么办

首先，可能是恭敬至诚心不够。要以如祀祖先、如面良师、毕恭毕敬之心态读经典。一分恭敬得一分利益，十分恭敬得十分利益。其次，要知行合一。学经典不是为了时髦，不是为了好看，不是为了谈资和炫耀，唯一目的是为了提升素质与灵性，是为了奉献社会、指导实践。方法是读，关键在行。贵在学一句行一句，贵在读一点做一点。若此，不可能不受益。最后，读经典便读经典，不要有太大的功利目的，更不能急功近利。你就这样读下去，在一天天、一年年的努力中，其收益自然而然会越来越显现。

"经"之思

经者，经典之谓也。各宗、各教、各派都有自己奉为"经"的经典之作。基督教有《圣经》，伊斯兰教有《古兰经》，佛教有《大藏经》，儒家有"四书五经"，道家有《道德经》，医家有《黄帝内经》等。就是我们学马列主义，也提倡要攻读马列的"经典"名著。可见"经"是何等之重要。

然而，有那么多的经，有那么多人在读经、诵经、讲经，但到底"经"为何物，却并非人人都能说出个所以然来。

何谓经？别家先不提，先叙一下佛家之经的来由。"经"，梵语音译为修多罗，意译为"契经"。契者，契合，能契事、契理、契圣、契机者方名为经。第一，契事，即契合事相，契合于因果事情者方名为经；第二，契理，即契合真理的方可名经；第三，契

3

圣，契合于诸佛菩萨圣人所说，方可为经；第四，契机，机者即众生的程度各有不同，对大乘机则说大乘法，对小乘机则说小乘法。

据此，吾有理解。第一，经者，经过者也。经过者、经验者中的理解、理性、理论之谓也。第二，经者，径也，即是路径，依经修学，是踏上一条光明的路径。依光明的路径而行，下不至走入邪魔外道，上即可证入圣贤之域。第三，经者，镜也，镜可以照面，我们的颜面净或不净，用镜子一照便知。我们读经，可以经为鉴，知自己善恶美丑，促自己改恶向善。第四，经者，精也。是理论的精华、精髓，值得精钻细研，反复乃至终身修学。"好书不厌百回读""半部《论语》治天下"等即是此意。

"经"之再思

经者，经过之意也；径直、路径之意也；经天纬地不易之规律之意也。

佛经：佛所说的经典之谓也。佛者，觉也，大彻大悟、至正圆满之意也。佛陀的教言，乃是宇宙之真理、规律也。佛说的为佛经，依佛说的去行即为成佛之经也。

《圣经》：圣洁之经；圣人讲的经，讲圣人的经；成圣人心、行，成圣人之经典。

《道德经》：关于道、关于德的经，关于学道、德，成道、德的经。道者，乃为宇宙人生大本大源终极真理、根本规律之谓也。循规律，掌握真理者为得道，以道而行自然有得，自然有德。有得、有德者的积累、延进即为悟道、证道之阶梯。

《黄帝内经》：内经者，内景也，内部之境相也；内经者，内部之规律也。黄帝者，圣人也，《黄帝内经》者，圣人对人体内景、内经之描述也。圣人与凡人无二无别，黄帝有内经，凡人皆有内经，《黄帝内经》是凡人乘此经典成就圣人内经之径也。内也，舍外向内，反观内视，反思、反省、反修之谓也。相对于外物而言，人为内；相对于别人而言，己为内；相对于身而言，心为内；相对于心而言，性为内。黄帝内经者，即在自身、自心、自性上下功夫、挖潜力，发现、把握规律之谓也。

《瑜伽经》：瑜伽者，相应也。身心相应，自他相应，天人相应，心心相应之谓也。瑜伽者绝不仅指身瑜伽，还包括声瑜伽、睡瑜伽、心瑜伽等。其中最重要的是心瑜伽，即在心灵修行上下功夫，使心、口、意相应，能随时随地约束、控制心灵的变化，达到天人合一、身心和谐、寤寐一如之境。

儒、释、道偶思

世界十大宗教，中国有其三：儒（儒是否宗教，向有争议，权称如此）、释、道。

儒、释、道三教鼎立，相辅相成，从而构成了光辉灿烂的华夏民族文化，为人类社会的思想史和文明史写下了不可磨灭的篇章。

三教之中，儒、道乃本土文化，佛教却是源于印度的舶来品。然而，由于华夏民族强大无比的同化力，遂使佛教成为具有中国特色或言已中国化了的一种宗教形式。

总观三教，如以特点来分：

儒教是现实的，空间的，要求秩序；

道教是理想的，时间的，希冀永恒。

因此，儒、道两教几千年来既斗争又融合：斗争的是理想与现实的矛盾，融合的是时空构成了生命的存在。士大夫达则儒，穷则道，群则儒，独则道，正是所谓出道入儒。

佛教既在现实，又在理想，既在时空又超时空，使得虚实为一，时空不二；既避免了二家之失，又兼乎二家之长，所以能够独立于二家之外而成三足鼎立之势。

在某种意义上讲，三教的精义可概括如下：

儒家拿得起，道家想得开，佛家放得下。

这仿佛人之一生，少年人，充满幻想，近于道；中年人，讲求实际，入于儒；老年人，虚实参半，喜于佛。

宗教和信仰是人类心灵的归宿，智慧的源泉，思想的宝库。

"家"与"宗教"既有联系，又有区别。"家"更多体现的是文化，"宗教"更多体现的是信仰。

儒家的穷理尽性，格物致知；道家的道法自然，返璞归真；佛家的四大皆空，心佛两忘。若此皆是人类智慧的结晶。

历代的政治家、军事家、思想家、文学家等光耀万世的伟人豪杰，几乎都与三教有所渊源。

平心而论，三教虽各有不同，但却殊途同归，万法合一。儒家成圣，道家成仙，释家成佛，无非都是要摆脱痛苦与烦恼，从而迈向生命的最大圆满。

然而三家的主要落脚点又不是眼前：儒家要存心养性，正己修身；道家要修心练性，功德度世；佛家则明心见性，自度度人，都是从心性做起。经过修养锻炼，皆可得到升华。

经过长期的摩擦和相互借鉴、融合，如今的儒、释、道已非完全传统意义上的信仰与文化。已成你中有我，我中有你之势。即儒家文化已是释、道化了的儒家文化；释家文化已是儒、道化了的释家文化；道家文化是儒、释化了的道家文化。

我们应该吸取各家之长，包括古今中外的一切优秀文化遗产，结合现代社会的特色，创造一套适合于当今物质文明的现代精神文明体系，以帮助身处巨变中的人们克服自身障碍，超越自我，从而进入自由自在的王国。

儒、释、道再思

一

释：无住生心，真空妙有。

道：无为而无不为。

无住即无为，生心即无不为。

真空即无为，妙有即无不为。

二

释：诸恶莫作，众善奉行。

儒：己所不欲，勿施于人。

己欲立而立人，己欲达而达人。

诸恶莫作，即己所不欲，勿施于人。

众善奉行即己欲立而立人，己欲达而达人。

三

释：小乘、大乘、最上乘。

儒：明德、亲民、止至善。

小乘即明德，大乘即亲民，最上乘即止至善。

道

　　道，是道家学说的核心、本质。道，是宇宙的本体、本源，是万物的规律。道德，道为德之体，德为道之用。道理，道为理之源，理为道之现，"散之在理则有万殊，统之在道则无二致"。一生追求实为"道"。

　　儒言：道者，须臾不可离也，可离非道也。

　　佛言：吾何念？念道。吾何行？行道。吾何言？言道。吾念谛道，不忽须臾也。

　　应慕道、崇道、学道、解道、知道、悟道、行道、得道、证道。

　　天有天道，人有人道。天道人道，本来一道。天人合一。

　　《老子》曰："天之道，损有余而补不足。人道则不然，损不足，奉有余。"

　　《圣经》"马太福音"曰："凡有的，还要加给他，叫他多余；凡没有的，连他所有的也要过来。"

　　天人本来是合一的，本来就是一，而在人哪里却往往不合一。因为人没有天"觉悟"高，所以人应法天，应把天人合一作为理想的追求目标。因此"奉天承运"，因此"替天行道"，因此用"天道无亲，常与善人"来对善人进行慰藉。

　　人道主义，实即是"天道主义"。

　　"杀富济贫"固失之偏颇，但"抑强扶弱"却不仅是人道的，也是天道的。

佛理儒理说五戒

佛理讲五戒，不杀生，不偷盗，不邪淫，不妄语，不饮酒。

儒理讲五德，仁、义、礼、信、智。

不杀生为仁，不偷盗为义，不邪淫为礼，不妄语为信，不饮酒为智。

释、儒某些教义是相近的。何止是释、儒呢，其实任何真正的宗教、学说无不劝人去恶、行善、宽容、律己、修德。拿基督教的十条诫来说，其中第六到第十诫分别是：不可杀人，不可奸淫，不可偷盗，不可作假见证陷害人，不可贪恋别人的一切。这与佛理、儒理讲的五戒有异曲同工之妙。任何真正的宗教都是在某种角度对人生、社会、自然、宇宙真理的揭示、阐述。故其之间不可能不交叉，不可能不重叠。大道同源，万法归一是也。

新、心

儒说：苟日新，日日新，又日新。

释说：应无所住，而生其心。

道说：圣人无常心，唯百姓之心是心。

时说：与时俱进，开拓创新。

西哲说：太阳每天都是新的。

何止太阳呢？何物不如斯呢？何止物呢？心不亦如此吗？何止每天呢？每时每刻、每分每秒都是新的。

不住境，要与时俱进；不住心，要与民同心。

都是关于心的学问

儒、仙、佛的左偏旁都是单立人，讲的都是关于"人"的学问，是人为的，是为人的，讲的是人的修养、追求和超越问题。

儒入世，仙避世，佛出世。

儒入世而出世，仙避世而经世，佛出世而入世。

"三宝"与"三位一体"

佛教有"三宝"，指的是佛宝、法宝、僧宝。佛宝，是指已经成就圆满佛道的一切诸佛；法宝，即诸佛的教法；僧宝，即依诸佛教法如实修行的出家沙门。

"三位一体"出自基督教，是指圣父、圣灵、圣子。圣父即上帝，是指独一无二、无所不能的神；圣灵，是上帝与人的中介，启迪人的智慧与信仰；圣子，为耶稣基督。

读书至此，我偶发联想，二者似可有些许联系。佛与上帝对应，法与圣灵对应，僧与耶稣对应。

不仅如此，此三者，在儒、释、道乃至其他宗教中亦是可以勉为对应的，因为都是由教主、教义及信仰者三方面组成的。

圣者之言

苏格拉底："我除了知道我的无知这个事实外，一无所知。"

释迦牟尼："若有人言如来有所说法，即为谤佛，不能解说所说故。"

老子："为无为，事无事，味无味。"

孔子："我有知乎？无知也。有鄙夫问于我，空空如也。"

博大胸襟

佛：无缘大慈，同体大悲。

儒：己欲立而立人，己欲达而达人。

基督：爱人如己。

吾理解：自他不二，众生平等。

人得如己得，

人失如己失；

人乐如己乐，

人苦如己苦……

境界相近

老子言："道可道，非常道。"

陶渊明诗："此中有真意，欲辨已忘言。"

程颢言："大抵学不言而自得者，乃自得也。"

《易经》研究者云："何意忘象。"

唐玄奘在回答得道者的感受时云："如鱼饮水，冷暖自知。"

如上所言，可谓境界相近。何？真正的"道""法""理""意"是"不可说"的，最真切的感受和心得是"不可说"的。

我读书和思考时，常有如此感受，此乃人生最大之幸事，并不足以向外人道也！

入世和出世

任何汉字都不是凭空产生的，都是有来由、有意义的，都是奥妙无穷的。比如说"儒"字，由人和需组成，意谓此种学说乃为人世之需要，是主张积极入世的；再比如说道家的"仙"字，由山和人组成，意谓此种学说是为山中之人设立的，是避开世间纷扰的；还比如说释家的"佛"，由弗和人组成，意谓此种学说是为弗人设立的，即主张超凡遁世的。

实际上任何一个中国人，不管你自觉不自觉，承认不承认，都逃脱不了受这三种教派文化的熏陶。只有影响深浅之分，没有受不受之别；你可能受某种文化影响多点，受其他种文化影响少点，但绝不会是只受一种文化影响，而不受另一种文化影响。这是不以人的意志为转移的。

就一个人而言，其受这三种文化影响和对这三种文化尊崇的程度也不是一成不变的，其变化也是有规律可循的。就年龄而言，青少年时期血气方刚，怀才待展，大抵都尊崇儒家积极入世的学说；待至中年，酸甜苦辣都有所尝及，人生旅途坎坷劳顿，棱角已钝，往往不自觉地道家避世思想渐滋；再至老年，有的参透天机，有的万念俱冷，来日无多，则多容易接受释家遁世学说，把希望寄托在了来生。还可有另一种性质的分法，即不按年龄而按人生顺逆进退论及。如人生顺利之时易接受儒家学说；逆时易尊奉道家学说；而在悟彻人生或遭受了致命、毁灭性打击时则往往萌生遁世想法。当然，这种划分也不是绝对的，有的人可能一辈子都积极入世，勇猛精进，甚至百折不挠，

"知其不可而为之"；而有的人可能从小就格外看重清静无为，顺其自然，生性与世无争；还有的人小小的年纪就参透人生，愿到古寺名刹、佛国经卷里去寻求乐趣。再者就这三种学说来讲，也绝没有不可逾越的界限，拿儒家信奉的"达则兼济天下，穷则独善其身"来说，在其"穷"的时候，"独善其身"的时候，大约就离道家的避世思想不远了。又比如道家信奉的"无为而治"，其虽主张清净无为，但其目的仍是"而治"，即入世，况且"无为"的目的也只是为了"无不为"。再如佛家的"上求"，其目的仍然是"下仕"，即大乘是小乘的更好境界。

一个人有一个人的活法和信仰，大可不必、也不可能整齐划一。但我觉着，无论为人抑或为官，其最高的层次应该是"以出世的精神做入世的事业"，即不要为入世而入世，不要把入世尤其是名利进退看得太重。看得太重则包袱太重，放不开，发挥不好；看得太重则顾虑太多，前怕狼后怕虎，断不敢大刀阔斧兴利除弊，惩恶扬善。而只有以出世的精神才能干好入世的事业：即大不了不让当官，解甲归田，解官归民，遁入空门了事。因此就不怕事，不信邪；因此就无所畏惧、革故鼎新。让我干是这样，不让干就拉倒，再让干还是这样。只有这样的人才能干出一番惊天动地的事业来。

把个人得失看得太重的人肯定做不好人；把荣辱升迁看得太重的人也断然做不好官。这样的例子屡见不鲜。

说"一"

佛陀云："制心一处，无事不办。"

老子云："是以圣人抱一为天下式。""昔者得'一'者：天得一以清，地得一以宁，神得一以灵，谷得一以盈，万物得一以生，侯王得一以为天下正。"

孔子云："吾道一以贯之。"

六祖惠能云："一真一切真。"

朱熹云："形一受其生，神一发其智。"

古语云："一心可以事百君，百心不能事一君。"

国歌歌词云："我们万众一心，冒着敌人的炮火前进。"

毛主席说："全心全意为人民服务。"全心全意者，一心一意之谓也。

做人要表里如一，做事要言行如一，做工作要始终如一。不管遇到什么困难，都要一如既往，一往无前。

一为何？一即一切。一切为何？一切为一。

什么是一？一即本源，一即根本。一即管自己，修自己。修好这个"一"，一切都在其中，修不好这个"一"，一切免谈。

从众与不从众

有从众心理的人约占大多数。大多数人都在做的事情自然有它的道理，大多数人过着的生活自然也是不坏的生活。因此，从众是必要的，起码是平安的，是风险较小的。人在大多数的情况下不应表现得与别人太不一样，不应鹤立鸡群，不然不仅会被看成异类，更重要的是会成为先烂的出头椽子。这不是圆滑，不是世故，是社会规律。再说了，一个家庭也好，一个组织也好，若都不从众，时时处处标新立异、我行我素，终会家将不家、国将不国。当然从众主要表现在言行上，且应是真的言行，不应该是说一套做一套。言行上的从众决不是说不可以有新异的、独特的想法，不是不可以在研究问题时发表不同见解。但探讨问题时发表的独特见解不应该是毫无顾忌的，因为你不能说你的想法就一定是对的，且无论在什么场合、什么情况下，你的任何言行都会是有能量的、会留下痕迹的，都会被载入"史册"并承担责任的，故不可不慎。可见，谨言慎行真的是金玉良言。你若不信，且看"圣言录"：

老子曰："人之所畏，不可不畏。"

孔子曰："多闻阙疑，慎言其余，则寡尤。多见阙殆，慎行其余，则寡悔。言寡尤，行寡悔，禄在其中矣。"

当然，以上所言，亦非教人唯唯诺诺，更不是主张世故圆滑。当面临原则问题且自己已考虑周全时，来点"不从众"，敢于"标新立异"，这是更高的境界。

志与道合

同志者，志同道合之谓也。志同道合者既包含若干人在一起合作共事，志是同的、道是合的这层意思，也包含一个人或一个集体的志向、志气是合于宇宙大道，合于天道、地道、人道这层意思的。因为只有"志与道合"，才能避免走弯路，才能做好工作，才能成就事业。我的这个想法是最近读《四十二章经》时，读到"何者最大？佛言，志与道合者大"时得到的启发。又见《老子》云："故从事于道者，同于道""同于道者，道亦乐得之"，亦有此意。

身教、言教与心教

常言道"言教不如身教"，此言有理。你要教育别人，别人主要是在看你怎么做，而不仅仅是看你怎么说。孔子言"其身正，不令而行，其身不正，虽令不从"，讲的也是身教的重要性。再则，有时我在想，动物界虽亦应有它们的"语言"，应有用"语言"进行教育的行为，但更多或曰基本上用的可能都是"身教"吧？其实深入想一想，正像世界上很多的概念都是"大体"上的，没有严格的界限一样，言教、身教也是不能截然分开的。因为你不能不说，身教也是一种言教，一种特殊的语言，即"肢体语言"嘛！而言教也是一种身教，因为口也是身的一部分。而言也好，身也好，说到底都由"心"来统领和指挥的。因此可以说，任何教育都是一种"心教"，即心对心的教育，而任何交流也都是心对心的交流。对人教育，与人交流，你用的是慈悲心还是嗔恨心，是善心还是恶心，人是完全可以感受到的，效果也是根本不同的。

禅宗奉行"不立文字，教外别传，直指人心，见性成佛"。其"教外"可指"身教、言教"之外，其"直指人心"，即谓"以心传心"，或曰"心教"。《老子》云："圣人处无为之事，行不言之教。""不言之教，无为之益，天下希及之。"可见离"言"、离"身"之教是一种"希及之"之教育方式。至于佛陀在《四十二章经》中讲到的："吾法念无念念，行无行行，言无言言，修无修修，会者近尔，迷者远乎，言语道断，非物所拘，差之毫厘，失之须臾"的境界则更是吾等凡夫所无法企及的。

上帝会怎样

"人类一思考，上帝就发笑。"若是，那人类一说话，上帝还不笑掉大牙？若是，那人类一动手，上帝还不笑死了？何故？事物真相、实性、真如是不可思议、不可描述、不可言说的。若此，一思考就不是原事原物了，若此，思考的就不对，再用枯燥的语言表述出来，那不就差得太远了吗？若此，自己甚或别人再根据人的"语言"去动手、去行动，那就更可能失之毫厘，差之千里了。

故，老子曰："道可道，非常道。""人法地，地法天，天法道，道法自然。""多言数穷，不如守中。"

故，孔子曰："君子欲讷于言，而敏于行。""巧言令色，鲜于仁。"

故，《中庸》有言："喜怒哀乐之未发，谓之中；发而皆中节，谓之和。"

故，朱熹言："言明道之本原出于天而不可易，其实体备于己而不可离。"

故，朱子《周易序》云："时固未始有一，而卦未始有定象，事故未始有穷，而爻亦未始有定位。以一时而索卦，则拘于无变，非易也；以一事而明爻，则窒而不通，非易也；知所谓卦、爻、彖、象之义，而不知卦、爻、彖、象之用，亦非易也。"

故，佛说："应无所住，而生其心。""过去心不可得，现在心不可得，未来心不可得。"

故，古哲言："交臂非故。"

故，西哲言："人不能两次踏进同一条河流。"

故，佛说法四十九年，却谓一句未说。又说，若有人说如来有所说法，即为谤佛。佛法不但一无所有，没有一点东西，就连这"一无所有"也"一无所有"，连"没有一点东西"的没有也没有。而勉为其说"非有非非有"，就是不可言说不可思议的般若。

说到此，我又想到了《庄子·天道》文《轮扁斫轮》：桓公读书于堂上，轮扁斫轮于堂下。释椎凿而上，问桓公曰："敢问公之所读者，何言邪？"公曰："圣人之言也。"曰："圣人在乎？"公曰："已死矣。"曰："然则君之所读者，古人之糟粕已夫！"桓公曰："寡人读书，轮人安得议乎！有说则可，无说则死！"轮扁曰："臣也以臣之事观之。斫轮，徐则甘而不固，疾则苦而不入，不徐不疾，得之于手而应于心，口不能言，有数存焉于其间。臣不能以喻臣之子，臣之子亦不能受之于臣，是以行年七十而老斫轮。古之人与其不可传也死矣，然则君之所读者，古人之糟粕已夫！"

文中没述桓公听后的态度，想必是为轮扁的真知灼见所折服了，否则还不龙颜大怒，将其斩首示众吗？因此观之，圣人之言犹为糟粕，何况凡人之言呢？可见，"得之于手而应于心，口不能言，有数存焉于其间"者，方为真道也。

信者得救

2002年第9期《文摘》杂志上介绍了一本书，书名叫《我的野生动物朋友》。该书描写法国一小孩，能与非洲的各种野生动物，包括凶猛的动物比如狮子、豹子和睦相处，亲如一家，而不会受到伤害。她说："我会与动物说话，我用头、用眼睛跟它们说话，用心灵与它们沟通。"此事听起来真有点像天方夜谭，但却是真的，确实令人有些匪夷所思。这说明了什么呢？我觉着是至善、至诚、至信的心打动了对方。人们常说至诚通天，天都可以通，何况动物呢？动物都可能通，何况人呢？可见人与人的沟通之所以发生障碍，产生误会，还得从自己身上找原因。方法的原因固然重要，但根本的原因还是出在心灵上，出在本性上。

老子《道德经》云："盖闻善摄生者，陆行不遇兕虎，入军不被甲兵。兕无所投其角，虎无所措其爪，兵无所容其刃。夫何故，以其无死地。""含德之厚，比于赤子，毒虫不螫，猛兽不据，攫鸟不搏。"过去读这段话时，我只作其夸张形容解。及至如今我已有新解，乃释然。

及此，我又想起了经典上的两句话。

《华严经》上说："信是道源功德母。"

《圣经》上说："信者得救。"

信然。

天何言哉

孔子为实践他的政治主张，周游列国，但却四处碰壁。一次他对弟子说，我今后不再说什么了。弟子说，那怎么行呢？那样的话，我等学生凭借什么来继续得到教诲呢？孔子说："天何言哉？四时行焉，百物生焉。天何言哉？"老子言："太上，下不知有之。"道生万物，但道没有张扬。"迎之不见其首，随之不见其后。"这确是最高层次的教化。佛陀言："应无所住，行于布施"，"若菩萨不住相布施，其福德不可思量"。经常这样思思、想想、悟悟，境界会有提升的。

只靠思是不行的

佛语曰："佛理不可思议。"俗语曰："百思不得其解。"《论语》载："季文子三思而后行。子闻之，曰：'再，斯可矣。'"可见，思考是必要的，但多思未必有好处，更何况，世界上真有思不得的道理，有不可思议的道理。只靠思，是"百思不得其解"的。

三省、四勿、无不善

曾子三省：为人谋而不忠乎，与朋友交而不信乎，传不习乎？

颜子四勿：非礼勿视，非礼勿听，非礼勿言，非礼勿动。

佛经曰："都摄六根，净念相继，得三摩地，斯为第一。"

《大学》云："小人闲居为不善，无所不至，见君子而后厌然，掩其不善，而著其善。"

俗语云："有再一再二，没有再三再四"，"事不过三"。

析字：罪，四非为罪。四次为非即为罪。

综上：在一言一行、一举一动，行住坐卧、喜怒哀乐、方方面面、事事处处修养自己，让自己在正道上，在善道上，在净道上。

眼观善书，

耳听善声，

口言善语，

心思善道，

身为善行。

为读书而读书

从朋友处见到一本胡适著的书《读书与治学》，特借阅。其中有一篇文章是"为什么读书"。他讲了三点理由：第一，因为书是过去已经知道的知识学问和经验的一种记录，我们读书便是要接受这人类的遗产；第二，为要读书而读书，读了书便可以多读书；第三，读书可以帮助我们解决困难，应付环境，亦可获得思想材料的来源。三条理由中第一、三好理解。唯第二条"为读书而读书"大有新意，也颇为费解。读书为读书，这不是同义反复嘛！其实不然。何意呢？我解之，唯有读书多了才能读到更多的知识，唯有知识多了，才能读懂读好更多的书。大有"在游泳中学会游泳，在读书中学会读书"之意。至于说"多读书"后所为者何，他在第一、三条理由中已讲过了。他既没有落"书中自有黄金屋"等窠臼，也没有唱"为ＸＸ而读书"等高调，让人听来，有学者之入情入理之概。

王安石说："读经而已，则不足于知经。"其实何止是知经呢，知什么都是一样的。如读史而已，不足于知史；读诗而已，不足于知诗；甚而，读马列而已，不足于知马列。近代哪个大学者不是博古通今、学贯中西呢？总之，要有真学问，必须多读书；要想多读书，必须多读书。

求放心，不动心，不杂用心

孟子曰："学问之道无他，求其放心而已。""放心"者，放逸之心也。把放出去的心收回来，然后安住，谓之"求其放心"。此为学问之道。

佛教讲：随缘不动心，不动心随缘。不动心者不因外境、不因物欲干扰自己的清净心之谓也。

赵州禅师曰："老僧四十年不杂用心。"

不杂用心，就是诚心、真心，就是一心办道。

求放心，求其清净心；

不动心，不动清净心；

不杂用心，保持清净心。

人人都是"思想家"

一看这个题目，大家可能会嗤之以鼻的，认为这是不可能的。我却坚持自己的观点。因为你不能否认除了傻子、植物人之外人人皆是会思想、有思想的，这样的话他的思想就不可能没"家"，只不过有大家小家之分，而不应该存在有无之别。所以我才在"思想家"三个字上加了引号，即特指之意。

举例说明，你若有文化，你看书时经常能看到作者的一些观点似曾相识，或能与你产生强烈的共鸣，这就说明你也曾有过这方面的思想。若你是一个文盲，但在你听人讲话、看戏时也有这种感觉。还可见许多自称是思想家的人有时讲的话并非水平都高，有些则可能是高得让人听不懂，听不进去，其实这还是证明其思想并非都那么深刻，最高深的道理往往应该是最浅显的道理。而许多文化并不高的人偶尔也有"出口不凡"的惊人之语。我到云南丽江时听到一个故事。一个外国哲学家到该地考察，看到当地的居民走路慢悠悠的，随即问一个老太婆其故，老太婆说："人的最后结果是死亡，何必走那么急急匆匆呢？"该哲学家惊呼："不得了，这里的老太婆都是哲学家！"其实这样的例子并不鲜见。毛泽东所言"卑贱者最聪明，高贵者最愚蠢"，俗语说"智者千虑必有一失，愚者千虑必有一得"，即有此意。

世界上不乏思想家，乏的是发现和发掘；人人都应该是个思想家，只可惜、可悲的是大部分人都没有认识到这个问题。如果说到浪费，这个浪费应该是最大的浪费。我们对有些书顶礼膜拜，对有些人的话言听计从，这也没错。不可否认，确实有些书、有些话是很伟大、很经典、很深刻的，但也并非完全如此。我们之所以看着他们高大，往往是因为我们跪着。一个人的脑细胞有140亿个，但一个人一生中充其量只用了其中的7%～8%，就是开发最好的人也只用了10%多一点，而90%以上的"金矿"则白白在世上走了一遭，一点贡献没做就又腐朽了。只要我们稍下点功夫，它们是完全可以留下一点"不朽"的思想来的。我们有这个义务、责任这样做，因为说到底，只有自己才是自己头脑这座金矿的开采者。

如上所述，如果你是个笨人，其实有时也有一些奇思妙想涌现出来，这时你完全可以把其记下来、讲出来；如果你是个爱学习的人，你在看书的过程中也肯定会有不少感慨，你就应该赶快把它记下来、录下来；如果你是个爱聊天、爱"抬杠"的人，在你与别人争论的过程中则更易迸发出一些思想的燧火，不把它收集起来岂不太遗憾了；如果你是一个不爱说话的人，你在默默地听着别人讲话，但在这个过程中你听到的话和你的思想的碰撞结合，也许有些随想，退一步说就算没随想，听到警言妙句不也有把其"拾"起来，装进兜里的必要吗？人往往都是重有形东西，轻无形东西的。人在路上见到钱财很少有不拾的，而见到好的"思想"却置若罔闻；别人给你点利益什么的你可能会感激万分，而对于别人随时随地给你的哲理启迪却熟视无睹；人对自己辛辛苦苦劳动所得的物质财富珍惜有加，而对自己的思想所得、智慧火花却随意抛撒，难道这不是一种浪费吗？

思考的人往往有一种想法，认为自己搜肠刮肚地思考了半天得到了一个观点，记录了下来，但是闲来不经意间翻书和听别人讲话时却发现，这些观点已被别人说过了，因此认为自己简直是多此一举。其实这种想法是大可不必的。首先你得到的过程就是提高素质的过程，况且只有经过的才是自己的。再说，别人发现的真理，你也发现了，更说明你的聪明智慧，有"英雄所见略同"的感觉才是。如是，你成了真理的一员生力军，成了人类思想体系中的"一支"，成了汇成大河、大江、大海的一滴水。你只被动地听别人的思想，即使他们的思想再好，如果你不思索、不消化的话，充其量这些思想如你的拐杖、假肢、假发，不是你的东西。而只有经过自己的消化、吸收，才能成为和你融为一体的血液以及身体不可分割的一部分。

真读与真行

读书要真读。真读才能真知，真知也是一种行，因为心行也是行。知行合一。

行要真行。行当然也是学习，也是在读书，在读一本大书。真去行了，才会真知，真行就是真知。知行合一。

不要说没时间读书，实践也是在读书；不要说没时间实践，读书也是一种实践。贵在把二者结合起来，融为一体。贵在一个"真"字。要用真心去统御真知、真行。一真一切真，万法皆如如。

三　讳

《春秋·谷梁传》中说"为尊者讳耻，为贤者讳过，为亲者讳疾"，即对尊者、贤者、亲者的耻辱、过错、疾患都应有所避讳，对那些有失三者体面的事，不知道的不要打听，知道的有所遮护，听别人说的有所劝阻等。此实为道德修养的重要一环，而不仅仅是口德。再进一步说，何止为"三者"讳呢？对其他人乃至对一切人甚或对敌人也不是什么都可以说的。人人都有缺点、错误或者隐私，都有不愿让人知道、不愿让人去议论的事情，为别人"讳"，即可得到别人为自己的"讳"，这是因果。这不是在交换，而是做人的道德。

事亲之难

近日读《近思录》中程颢一段话："病卧在床，委之庸医，比之不慈不孝。事亲者不可不知医。"其义为："亲人病卧在床，你把他交给昏庸无能的医生，如果病的是孩子，你就是不慈，如果病的是父母，你就是不孝。所以侍奉父母不可以不懂医理。"

中国传统政治是伦理政治，忠君报国是由孝父事亲延伸而来的。所谓"齐家、治国、平天下""家国"是也。但事亲、孝父母绝非一般人理解的只是"能养"即休，即使"能养"也非仅养色身而已，而应养志、养心等。非是有病能给其治疗即可，还要做到不交给庸医，还要自己懂医理。履如此之行，标准是很高的。以此标准衡量，如今能有几人可称为孝、慈者也？难归难，但也非不可达致，起码懂一点"医理"总是可以的。此说，毕竟给我们提出了要求，拓展了事亲、孝慈的思路。

用药与用兵

清魏荔彤《伤寒论本义》卷之十六云："至于脏腑经络，则城廓道路也。民必由此而出入，盗亦必由此而出入。故正气所行所存之处，皆病邪所行所存之处也。识此可与言正邪之气，可以论出入之方，可以论主治之法也。"正邪同体，民盗同处。养生贵去邪扶正，治世贵化盗为民。

南朝陶弘景《养生延命录》云："天道自然，人道自己。"此言深刻。天道人道，贵在循道。天循道者谓自然，人循道者为神仙。

南齐《褚氏遗书》云："用药如用兵，用医如用将。善用兵者，徒有车之功；善用药者，姜有桂之效。知其才智，以军付之，用将之道也；知其方技，以生付之，用医之道也。"对医家来说，用药如用兵；对兵家来说，用兵亦如用药；对作家、对政治家来说，用字、用人亦如用药、用兵。

清徐大椿《医学源流论·用药如用兵论》云："兵之设也以除暴，不得已而后兴，药之设也以攻疾，亦不得已而后用。"

明庄忠甫《叔苴子内篇》卷四云："药犹兵也。兵能卫人之死，不能养人之生；药能去人之病，不能肥人之肉。故养生在人牧，肥肉在谷食。无病而服药，犹不乱而设兵也。"民不可无兵，国不可无防，人不可无医。养重于防，防重于治。无敌不用兵，无病不用医，小病不可以重药。老子云："夫兵者不祥之器，不得已而用之"，若夫，可言："夫药者不祥之器，亦不得已而用之。"

要做真正的强者

世人大都崇拜强者，都想做强者。但什么是强者，如何做强者，都是值得深思的。世人一般把有力量者，事业上的成功者，或者说有权者有势者叫做强者。这种认识是片面的，因为这些是强者的一些体现，并非真正的强者。那什么是真正的强者呢？我们还是来看一看古圣先贤是怎么论述的吧。

《道德经》云："胜人有力，自胜者强。"《易经》上讲："天行健，君子以自强不息。"可见，强者是指能自己战胜自己的人，而不仅仅是能战胜别人的人。实现强者途径是自强，而不是他强。战胜自己，自我塑造，是仅仅塑造自己的外在力量和名利地位吗？不是的。自我塑造、自我战胜主要是道德自新，素质日新，"苟日新，日日新，又日新""作新民"，以达到"止于至善"的境界。即真正的强人必然是善人，最高境界是至善之人。我们常讲善有善报，但从来没有说过强有强报。只有力量上的强大，而无道德做支撑，就如同水库里的水没有水坝拦阻，会泛滥成灾一样。

《道德经》上又讲："强梁者不得其死，吾将以为教父。"是说强暴的人死无其所，我把这句话当作施加教育的宗旨。应该说这是振聋发聩之言。孔子认为真正的强者是达到宽柔以教、和而不流、中立不倚、中庸境界的人。或者说，真正的强者是思想道德的强者，而不仅仅是外在力量的强者。真正的强者是能战胜自己的人，而非仅仅战胜别人的人。真正的强者是自强不息的人，而不是靠别人扶植起来的人。

第二辑

读『儒』篇

从《论语》第一章悟学习

《论语》第一篇是"学而第一"，是讲学习的。第一篇第一章是"子曰：学而时习之，不亦说乎？有朋自远方来，不亦乐乎？人不知，而不愠，不亦君子乎？"我认为从此段论述，可悟出学习的四个途径：第一，向书本学习，即"学"字，可能主要指的是此；第二，向实践学习，即"习"字，习绝不仅仅是指复习，而主要是指实习、实践；第三，向朋友、向大家、向人民群众学习，即指"有朋自远方来"者；第四，在自己的修养过程中学习，即"人不知，而不愠"。上说，能成立否？

再者，我斗胆一句，中国传统文化，"一语以蔽之"："学而时习之，不亦说乎。"

学习者，学并习者也，知、行也，理论与实践也，岂不全部问题、全部学问的核心者也？

"时"者，时时也，及时也，适时也，与时俱进也，不超前，不落后，"中庸"即"时中"也。此非凡事追求的最高境界之谓也？

"说"者，悦也，由心中发起的乐感、充实感、愉悦感，乃不当事者或曰令民众升达最高的幸福感之谓也？

最可怕和最可贵的

人生最可怕的是什么？是不明事理；人生最可贵的是什么？是通情知理。

明理者自己活得幸福，还会给他人带来幸福；不明理者自己活得痛苦，还会给他人带来痛苦。

明理者不仅现在活得幸福，而且会越来越幸福；不明理者不仅现在活得痛苦，而且会越来越痛苦。

如何明理？可有五条路径：一是读书明理；二是借事悟理；三是交友鉴理；四是自省思理；五是通情达理。

其实以上五条路径似可归结到《论语》开篇的三件事上："学而时习之，不亦说乎；有朋自远方来，不亦乐乎？人不知而不愠，不亦君子乎？"

谁更有学问

《论语·学而》云："事父母，能竭其力；事君，能致其身；与朋友交，言而有信。虽曰未学，吾必谓之学矣。"

与此推知："事父母，不能竭其力；事君，不能致其身；与朋友交，言而无信。虽才高八斗，学富五车，吾必谓之未学矣。"

以上两者，谁更有学问？毫无疑问是前者。是不是学得好，要看你是不是做得好。毛主席有言："学习的目的全在于运用。"

从交友之道到恒顺众生

《论语·颜渊第十二》，子贡问友。子曰："忠告而善道之，不可则止，毋自辱也。"意思是说，交友的原则嘛，就是忠心地劝告他，好好地引导他，他不听就算了，不要自讨侮辱。此乃深理也。由此想到佛经《入不思议解脱境界普贤行愿品》中所载普贤菩萨十大愿王的第九愿王——恒顺众生。恒顺者，恒久顺从也。即不勉强，不苛求，否则即生烦恼。

经验需要自己总结，教训需要自己吸取，钉子需要自己碰，苦头需要自己吃。谁也代替不了谁，有时你阻挡他碰钉子、吃苦头，他会认为你想怎么着似的，他苦恼，你也苦恼。何必呢？根机成熟了，他会认识真理；根机不成熟，你强求也没用。不必自寻烦恼。

为己和为人

最近读《论语》，读到"宪问第十四"中的一段话，很有感慨："子曰：古之学者为己，今之学者为人。"译文是这样的："从前从事学习的人为的是提高自己的修养，现在从事学习的人为的是让别人承认自己的才学。"也应有以下含义：古之学者为己，为己的目的还是为人；今之学者为人，为人的目的还是为己。何也？唯有修齐才能治平，唯有内圣才能外王，只有"近者悦"，才能"远者来"。还可用儒家的话说就是："其身正，不令而行，其身不正，虽令不从"是也。可见，管事先管人，正人先正己，而正己就是正人。故孔子言的古之学者的为己实际就是为人，而今之学者为人者，最终既为不了人也为不了己。大乘佛教讲的自利利他、自觉觉他、自度度他，也是把自利、自觉、自度放在前边。否则自顾不暇，哪能顾人？只能是心有余而力不足，泥菩萨过河自身难保了。试想，你不会游泳、不会开船，如何去渡人过河？

不可自暴自弃

孔子曰："唯上智与下愚不移。"此除传统意义上的解释外，可否理解为"唯有向上修养可达智慧与向下堕落可至愚蠢这点是不可移的"之义呢？未尝无有。近读《近思录》中《伊川易传·举传》中的一些话，亦似有我解之意在。话是这样说的，伊川曰：人性本善，有不可举者。何也？曰语其性，则皆善也；语其才，则有下愚者不移。所谓下愚者有二焉：自暴也，自弃也。人苟以善自治，则无不可移者。虽昏愚之至，皆可以渐磨而进。惟自暴者拒之以不信，自弃者绝之以不为，虽圣人与居，不能化而入也。仲尼之所谓下愚也。圣人以其自绝于善，谓之下愚。可见从宋儒程颐的理解，孔子言之下愚之意，主要是对"自绝于善"而言的，是对"自暴也，自弃也"而言的。而如果能以善为自我约束，则没有什么不可"移"，即不可改变的。从此可受启发，任何人包括"下愚"者，包括"昏愚之至"者都可"移"、可变、可进。关键是别自暴自弃。

无　违

《论语》中载，孟懿子问孝。子曰："无违。"此值得深思。

何者为孝，即不违背父母教导者为孝。孝顺，孝主要体现在顺上，体现在"无违"上。如此推之，好党员，即不要违背党规党纪；好公民，即不要违背法律法规；好干部，即不要违背群众的意愿；好技术人员，即不要违背自然规律等。

从孔子的回答想到的

《论语》载，樊迟问知。子曰："务民之义，敬鬼神而远之，可谓知矣。"问仁。曰："仁者先难而后获，可谓仁矣。"

"务民之义"者，以义举兢兢业业为人民服务，即对下负责也；敬鬼神而远之者，对领导敬重但不巴结，即对上负责也。如此可谓"知"也。今之一些为官者则不然，不但不以义务民，且基本不务民。非对上敬者，而是利用、投靠也，不是远之，而是整天不离其左右。如此，离"知"者远矣！

仁者，先难而后获。何也？老老实实、默默无闻地干工作，只管耕耘，不问收获，有心练功，无心成功是也。今之许多为官者，不但想不难而获，甚或想不劳而获，以至弄虚作假、形式主义，欺上瞒下、投机取巧等。如此，"仁者"何在？

无时不言善

《论语》载，曾子曰："鸟之将死，其鸣也哀，人之将死，其言也善。"人在将死之时，一般是会言善的。那谁知道自己什么时候死呢？不到大自在程度的人是不会预知死期的。其实，死亡随时随地都在伴随着我们、在等着我们。佛问沙门："人命在几间？"

沙门答："在数日间""在饭食间"。佛陀都言："其未知道。"及至一沙门答曰在"呼吸之间"时，佛陀赞赏道："善哉，子知道矣。"若此，我们何不把当下这一息间就当成"将死"之时呢？若此，我们就可以时时刻刻、事事处处都"言善"了！

莫　刻　意

《论语》载："子绝四：毋意、毋必、毋固、毋我。"我理解这四毋，归根结底可称为"莫刻意"。刻意就是过分执着，就是固执，就是钻牛角尖，就是做作等。其实这大可不必，况且，太刻意了也往往不会有好的结果，你不听有一句话叫做"求之不得"吗？刻意地去"求之"，是不会得到的。何止不得，有时还有失。

不要刻意地表现自己，也不要刻意地不表现自己；不要刻意地追求上进，追求被人赏识提拔，也不要刻意地不追求上进，表现自己的清高；不要刻意地谦虚，也不要刻意地不谦虚；不要刻意地潇洒，也不要刻意地不潇洒；不要刻意地追求长寿，也不要刻意地表现自己为了工作可以不顾身体；不要刻意地装扮自己，也不要刻意地表现大大咧咧，不修边幅等。

宇宙万物，自然最好，"清水出芙蓉，天然去雕饰"最美。至人是常人，平平淡淡才是真。任何做作和刻意为之，不是心虚、自卑，就是别有所图。当然，莫刻意不是一切无所顾忌，放浪形骸，而是应该像孔子所言修养的最高境界："七十而从心所欲，不逾矩"，既可从心所欲，又不逾矩，这就是水平。是水平，但又不要为了表现自己而追求水平，水平高了也没觉着自己水平高，一切自自然然。修炼到这种程度绝非易事。有一个年轻人向一个老作家请教如何写好文章，得到的回答是：有话就说，有屁就放，有病就哼哼。这话虽粗俗了点，但不能不说是有道理的。

知 天 命

　　孔子曰："五十而知天命。"知天命，天命何？天命者，天之规律也、自然之规律也。我亦五十矣。我知天命否？不敢言知，但比以前知道的多一些总是有的。最大的知在何处？在我知道凡事应循序渐进，不能过，不能不及，否则会欲速不达。若吃饭，吃少了不行，吃多了更不行；吃太慢了固然不好，吃快了肯定更不好。吃多了消化不良，吃快了囫囵吞枣，会闹肚子，长此以往会得胃病。学习、读书、做事亦然。我虚度五十春秋，自认是个爱读书之人，所读之书可谓不少，但真正记住、弄通的，细想想实在不多。但在近"知天命"的这段时间里，由于阅读方法的改变，对传统文化主要是对儒、释、道文化经典的理解，对马列经典、党建、党史理论的理解都上了一个台阶。感觉甚好，特此记之。

好德、好色

　　子曰："吾未见好德如好色者也。"可见"好德"之难，"好色"之易。人生修养的过程，在某种程度上也可视为是好德与好色程度的占比吧！应把"好善如好好色，恶恶如恶恶臭"作为追求的目标。若此下去，则达德、达善可期矣。

慎意方能慎言行

子曰："言出乎身，加乎民；行发乎迩，见乎远。言行，君子之枢机。枢机之发，荣辱之主也。言行，君子之所以动天地也，可不慎乎？"可见"言行"是何等重要。但仔细一想，"言行"归谁统御呢？归"心意"，心意正，言行不会不正。故欲慎言行，须先慎心意，欲修言行，须先修心意。在此意义上讲，佛教讲"身、口、意"三业的修行，似比此话更全面、更彻底一点。佛经《普贤行愿品》中有以下四句偈："我昔所造诸恶业，皆由无始贪嗔痴，从身语意之所生，一切我今皆忏悔。"讲的就是这个意思。

不要"无所不说"

子曰："回也非助我者也，于吾言无所不说。"意思是说，颜回不是能助我的人，因为他对我的话从来没有不赞成的。可见，能"助我"者，应是肯提不同意见的人，敢犯颜直谏的人。"告非为靠""舌文是敌"是也。当然孔夫子之言许有另外的褒义在，此应另当别论。

知　　耻

子曰："好学近乎知，力行近乎仁，知耻近乎勇。知斯三者，则知所以修身。"孟子曰："士皆知有耻，则国家永无耻矣，士不知耻，则为国之大耻。"佛陀曰："常修惭愧羞耻之德。"骂人最重的话是："不知羞耻""恬不知耻"。可见，修耻的重要性。不仅"士"之羞耻心与"国"之盛衰关系切矣，家亦然。家庭成员皆知有耻，则家永无耻矣，家庭成员不知羞耻，则为家之大耻。不仅国家如此，人亦然。个人知有耻，则个人永无耻矣，个人不知耻，则为个人之大耻。现在，不知耻的人、不知耻的"士"可谓多矣，且在增长，实乃己耻、家耻、国耻也。

无友不如己者

子曰："无友不如己者。"此语之意向来被解释为：不与不如自己的人交朋友。我认为，此解未必切原意。何？第一，不太可能。如自己是个各方面都很优秀的人，如孔子，他岂不交不上朋友了吗？第二，不好衡量。人各有长短，这方面不如你者，可能那方面比你强。第三，不符合孔子"三人行，必有我师焉"的谦逊好学态度。三人行尚有吾师，何其无友呢？故我解此话之意应为：没有朋友不如己者，换句话说就是所有的朋友都比我强。此解，未必对，但我希望是这样，也愿按此意去做。

"三报"之结果

《论语·宪问》："或曰：'以德报怨，何如？'子曰：'何以报德？以直报怨，以德报德。'"

以怨报怨，怨怨相报，何为了期；

以德报怨，动机固好，效果难预；

以直报怨，人格既有，怨或消弭。

从自己身上找原因

儒言："己所不欲，勿施于人。""行有不得，反求诸己。"

人言："与人发生争执，先假定自己错了。"

吾言："任何时候、任何情况下，都从自己身上找原因。"

吾又言："与人发生争执，如我错了，那我反省自己，如我对了，我也要反省自己；若对方对了，那我反省自己，若对方错了，那我还要反省自己。"

不远不近最好

孔子曰："唯女子与小人为难养也，近之则不逊，远之则怨。"

有人问曰："那该怎么办？"我说："不远不近任自然。"

学、思、行

声闻是因闻佛说法而开悟，缘觉则因思悟十二因缘而开悟，菩萨修六度万行而成道，此即"闻、思、修"三境界也。声闻即学也，缘觉即思也，菩萨则行也。闻、思、修者，学、思、行也。

子曰："学而不思则罔，思而不学则殆。"《中庸》有言："博学之，审问之，慎思之，明辨之，笃行之。"儒释之学近也。

不要分心散神

子曰："非礼勿视，非礼勿听，非礼勿言，非礼勿动。"孔子认为此乃致仁之良途。进言之，何止非礼勿视、听、言、动呢，无关紧要之情事都需少乃至勿视、听、言、动。若此，可不分心散神，可达养精蓄锐、元气十足，反观内视、致贤致圣之效。

团结和结团

子曰：君子群而不党，小人党而不群。

吾言：君子团结而不结团，小人结团而不团结。

与人交谈有大学问

《论语·雍也篇》中有言："子曰：中人以上，可以语上也；中人以下，不可以语上也。"此言不谬。为何？你不够资格，讲了你也听不懂。除了资格、层次外，还有的就是感情、信任度够不够的问题，即是否"话不投机半句多"者也，在这个意义上讲，交浅言深和交深言浅都是忌讳。兼有以上二义的可能是孔子的另一段话了："可与言，而不与之言，失人；不可与言，而与之言，失言。知者不失人，亦不失言。"可与言或不可与言，不仅要看层次也要看交情。

有此看来，一些说法不无道理。比如说"逢人只讲三分话，未可全抛一片心"。是的，你不了解对方，你抛的是真心，人家还认为你是驴肝肺呢！讲三分话都太多。又比如，见人说人话，见鬼说鬼话，也不能说一点都不对。对人说鬼话或对鬼说人话，且不说人家听懂听不懂，就算听懂了，后果可能更不堪设想。同理，你对儿童、青年、老年人，你对文盲和知识分子，说的话能一样吗？

有时候，听说某人有大学问，你去接触或请教，人家不一定给你讲，这并非完全是交情不够，可能在很大程度上是你层次、学识、悟性不够，讲了你也听不懂。因为在一定意义上讲，你是什么层次的人就会感召什么层次的人，就会交往什么层次的人。物以类聚，人以群分嘛！

综上所述，想交往点"高人"，想结识点真诚朋友，还是要先从自己身上下功夫，一是提高学识，二是做一个可信的人。

思　无　邪

子曰："《诗》三百，一言以蔽之，曰'思无邪'。"

读之，有三点体会：

第一，《诗》若此，其实任何真正好的作品，都应若此，都应以此为标准。

第二，读《诗》必须把握住此根本点，读任何作品都应把握住此根本点，即在思想上、在心性上下"无邪"的功夫。

第三，只言"思无邪"，何也？思，是前提，是基础，是根本，思无邪了，语会邪吗？行会邪吗？思不正，语会正吗？行会正吗？

因此，说到底，修养、修行就是在修"思"，修一个一个的起心动念。要让每一个"思"都"无邪"，都"正"，都"恭敬至诚"。要让不恭诚的念头不起，起则忏悔；不恭诚的言行不起，起则修正。无论善念、善言、善行，还是恶念、恶言、恶行，自己都是第一承受者。善己即是善人，祸人即是祸己。

愉悦每一刻

生烦死畏，追求超越，此乃道教；生烦死畏，追求无生，此乃佛教；生烦死畏，乐己安人，此乃儒教。

有人言，人生是一次痛苦的旅行，不无道理。是的，人生是够苦的，在苦的人生中，如何随时随地、每时每刻活出点乐趣来，活出点愉悦来，是一种修养，一种境界。此乃儒家的境界和修养。子曰："饭疏食饮水，曲肱而枕之，乐亦在其中矣""学而时习之，不亦说乎；有朋自远方来，不亦乐乎；人不知而不愠，不亦君子乎""贤哉，回也！一箪食，一瓢饮，在陋巷，人不堪其忧，回也不改其乐""女奚不曰，其为人也，发愤忘食，乐而忘忧，不知老之将至云尔"。此所谓"孔颜乐处""乐感文化"是也。

"君子三畏"我见

孔子曰："君子有三畏，畏天命，畏大人，畏圣人之言。小人不知天命而不畏也，狎大人，侮圣人之言。"天命者何也？上天的意志，自然、社会的规律，民心向背之谓也。大人者何也？指德高望重的王公大人，亦可类指各级组织、领导者是也，是权力的象征。圣人之言者何也？是德才兼备、内圣外王者之教诲、言论，是规章、制度之谓也，是道德的象征、善的化身。简言之，"三畏"者：畏规律、畏组织、畏规章之谓也。畏者，君子之福也；不畏者，无法无天、无上无下、无大无小之者，非小人而何者也？

王安石以"天命不足畏，人言不足恤，祖宗不足法"为信条，执意变法，精神着实可贵，但终因众多因素而致失败，为后人留下了许许多多有待品评的话题，包括这"三不畏"的话题。

无怨无悔

一人问禅师："我该不该结婚？"禅师答："无论你结或不结，都会后悔。"另一人问禅师："我该不该结婚？"禅师答："无论你结或不结，都会幸福。"有人不解：为何同样的问题不一样的答案呢？其实，道理很简单：因为问者的胸怀、境界不同所致。可见后悔不后悔、幸福不幸福不在于你结婚不结婚，而在于本人的修养及心态。这与《论语》载，子路和冉有同样问"闻斯行诸"，孔子却作了不同的回答有异曲同工之妙。

与道合一

孔子在谈到人生阶段与修养境界时说过一句话："七十而从心所欲，不逾矩"，是说自己到了七十岁的时候随心行事也可以不逾越规矩了。孔子活了七十三岁，此话当是在他生命的最后几年说的。这是生命的最高境界，是常人难于企及的。别说难于企及，能准确理解也是不容易甚或不可能的。我试解之："从心"之心绝非妄心、凡心，乃真心、圣心是也；"所欲"之欲绝非五欲六尘之欲，乃善法欲、仁爱欲之欲；"不逾矩"之矩绝非一般的规矩、制度，乃宇宙大道、规律之谓也。孔子能"从真心所善法欲"，合于或曰"不逾越宇宙大道"，此乃道即我、我即道、与道合一的状态也！

"启发"的时机

孔子曰："不愤不启，不悱不发。举一隅不以三隅反，则不复也。"此段话的意思是：教导学生，不到他想了解而不得其解的时候，就不去开导他；不到他想表达意见却说不出来的时候，就不去启发他。举出一个角来告诉他，而他不能推断其他三个角，就不用去教他了。

这段话我曾多次学习过，也思考过，但未做深想，故体会不真切。及至最近反复遇到一些相近的事：即我总想把自己经"千辛万苦"得到的知识或人生经验"教给"别人，而别人却置若罔闻，根本听不进去。

而同样问题，直到当他真的从内心迫切地想知晓向你请教时，那时你只要三言两语就会起到意想不到的效果。此乃"不愤不启，不悱不发"是也！孔子此乃至理名言是也！看来自己也是"不愤不启，不悱不发"的。是到了"现今"这个时机，有了人生阅历、感悟后才对这段话有了新的认识。

由此我还感悟到："话不投机半句多"，在不投机的情况下，那就半句都别说；"酒逢知己千杯少"，就是有了知己，也别喝得太多、说得太多。我们常讲的"启发""启发式教学"约是从此而来。我们理解的思路须拓宽，即"启"与"发"的所指是不同的，"启发"是要讲时机的，不是任何人都可以启发的，人也不是任何时候都可以启发的。我还感悟到：有用的知识不是人人都能听懂的，也不是人人都愿意听的，只有当他真的需要且用了很大力气在将得未得之际，这些知识才能进入他的心田。释迦牟尼佛一生说法四十九年，讲经三百多会，但他却说一个字都没说过，若有人说他说过，即为谤佛。为什么？佛所说全为契机契理的"启发"式教学，听者是否可度，是否受益，全在当机者，而与别人无关。

写到这里，我又发感想、联想：我今天的感悟，是我经历教训后思悟得来的，还有多少人无此教训，于是便无此感悟，于是就对此言感触不深，从而把我的话做等闲之言。毕竟，经过的才是自己的嘛！

说"不惑"

小时候听人讲孔子言说的"四十而不惑"的话，怎么也理解不了是什么意思。三十多岁时开始逐渐明白点了，现已四十有五，可真是悟出点道道了。

"四十而不惑"，什么叫不惑？

惑者，疑惑、迷惑是也，不知对与不对，容易受人受事蔽惑、迷乱之谓也。不惑，即比较清楚、明白，不受迷惑也。"不惑"，为什么要到"四十"？因为好人坏人都见过了，好话坏话都听过了，好事坏事都经过了，坎坎坷坷，风风雨雨，甜酸苦辣，顺逆穷通也都经历过了。经沧海不为水惑了，历巫山不为云惑了。思想深刻了，脑瓜清醒了。这些，没有四十年的功夫是修行不到的。

"四十而不惑"，不惑什么了？

对人不惑了。大人物是人，小人物也是人。大人物是人不是神，他们既不是绝对正确，也不是一切伟大。小人物也不乏智者、德者、才者，也有伟大的方面，崇高的地方。坏人非一切均坏，好人也非永远都好。看女人没神秘感了，见男人没有嫉妒感了，见小孩产生羡慕感了，见老人更有敬重感了……

对事不惑了。大事不见得大，小事不见得小；坏事不见得坏，好事不见得好；顺利事不见得是福，困厄事不见得是祸。加加减减，高高低低，上上下下，来来去去，阴消阳长，此进彼退，塞翁失马，焉知非福。认准方向，老实做事，不怕慢，就怕偏……

对书不惑了。书不都是好的，书上说的不都是对的，不读书不好，读书读得太多也不见得好，再好的书也不见得人人都适用，读坏书也不一定一点好处都没有。写书的什么样的人都有，而并非都那么高尚；书怎么出来的都有，不见得走的都是正道。书说的再好、再对也是"灰色"的，而我之生命常青，书是为我所用的，我选择书、研究书、消化书，而不能做书的奴隶……

对自己不惑了。雄心少了，小心多了，浪漫主义少了，现实主义多了，锋芒钝了，性格缓了。上天给自己的天赋是有限的，精力是有限的，时间是有限的，机遇也是有限的。对自己估计不会太高了，也不会太低了，不过于自信甚或自大了，但也不易自卑而自暴自弃了。别人说自己好不会飘飘然了，说自己坏也不会自惭形秽了。自己知道自己几斤几两，吃几碗干饭……

其实"不惑"的方面多了去了。比如，对天不惑了，对地不惑了；对鬼不惑了，对神不惑了；对自然不惑了，对灵魂不惑了……

说"不惑"，只是相较而言，主要是自己的现在与自己的过去相比较。说"不惑"，也只是相对而言，并非不惑得那么透彻。随着年龄的增长和阅历的丰富，不惑的程度还会发展，不惑的领域还会拓宽。到老、到死也不能说就彻底不惑了。

不惑不等于无所谓，不等于消极悲观。不惑是一种境界，是一种档次。不惑后更清醒、更深刻。不惑后活得更洒脱，工作得更稳健，更能避免失误，更容易建功立业。

愚不可及

由愚及智难，由智及愚则更难，故有"愚不可及"但没有"智不可及"之说。"愚不可及"之语源于《论语》。子曰："宁武子，邦有道则知，邦无道则愚。其知可及也，其愚不可及也。"18世纪法国政治哲学家孟德斯鸠也说过："想在社会上成功，必须看似傻瓜，却行动聪明。"郑板桥言"难得糊涂"，均属此意。看来"愚不可及"，古今中外同理。

由愚及智的过程，是受教育、学知识、学文化就可完成的，而由智及愚则不仅需要磨练、需要阅历、需要遭受挫折，还需要有悟性。而这些毫无疑问要比"及智"难得多。

由智及愚的境界固然有多种表述，但我觉着最显著的一个特征就是要有"定力"。即在别人一窝蜂地巴结人时，你能否不去巴结？别人乱哄哄地去糟蹋某人时，你能否不去糟蹋？在别人都随波逐流甚至同流合污时，你能否既不去随波逐流，又不搞标新立异、鹤立鸡群？在别人乱说某人甚至乱说你时，你能否不辩、不愠、不怒？在需要你表态而你又看不准的时候，能否不但不表态，甚至不表现、不表示，等等。

愚不可及之愚不是装傻，不是好好先生。那是什么呢？是一种修养的境界，是一种无为而无不为的境界。

学习为了谁

学习为了谁？为自己，亦为别人。

为自己，是改造主观世界；为别人，是改造客观世界。只有为自己，才能为别人；真正的为自己，就是为别人。

孔子曰："古之学者为己，今之学者为人。"古之学者为己的目的是为人，今日学者为人的目的是为己。

耳顺及其他顺

孔子曰："六十而耳顺。"

佛陀曰："行境相顺，见无违逆。"

耳顺了，声声顺耳；眼顺了，色色顺眼；手顺了，物物顺手；心顺了，事事顺心。顺不顺在己、在心。播下一种心态，收获一种命运。

说"恕"

恕，是对儒家学说中的核心"仁"的一种诠释。恕的一种解释叫做"己所不欲，勿施于人"。恕，对自己来说是一种修养境界，对社会来说是处理好人际关系进而做好工作的一个重要准则。恕道，当然主要是对人民内部讲的，但在对敌斗争中也绝非无所区别地残酷斗争，必欲置之死地而后快为上策。况且，敌人和朋友之间的界限是经常变化的，今天的朋友可能是明天的敌人，而明天的敌人可能是后天的朋友。朋友和敌人之间的转换固然有多种因素，但主要是利益关系。俗话说：没有永恒的朋友，也没有永恒的敌人，只有永恒的利益，即是此意。但不能不说恕——即心存善良的工作策略、方式也是促使敌人向朋友转化的一个重要环节。在战场上优待俘虏，在政治斗争上对敌阵营中分化瓦解争取工作也要用到恕道。

我对鲁迅很崇拜，尤其对他说的"一个都不饶恕""要痛打落水狗"的精神，更是推崇备至。现在想想，在鲁迅生活的年代，政治黑暗，斗争惨烈，他的这种嫉恶如仇的精神，确实是凤毛麟角，难能可贵。但"一个"都不饶恕，要把落水狗全部打死的做法是否值得商榷？如果当时这种精神是必要的，现在则确实值得反思了。我们历次政治运动特别是"文化大革命"时对许多好人的错整，对一些犯错误的人的重整，搞阶级斗争扩大化，不能不说是沉痛的教训。现在的形势早已是今非昔比两种境遇了，故应在更大的范围内提倡一点"恕"的精神。

我们现在处在社会主义现代化建设时期，绝大部分的矛盾是人民内部矛盾。在人民内部，非原则的问题固然要讲恕道，就是一些原则问题讲点将心比心，讲点宽厚待人也是非常必要的。在人民内部讲恕非常必要，就是对敌人（有时也不一定是敌人）也要讲方法、讲恕。周恩来总理是深谙其中奥妙的，无怪乎其为人品行不仅获得了人民的拥戴，甚至敌人都对其崇敬有加。

我们还要看到，在许多地方，许多情况下，大部分的问题并非原则问题，甚至是些无足轻重的鸡毛蒜皮的小事。如同事之间的日常交往，如家庭成员乃至夫妻在一起居家过日子，没点容让的精神行吗？在这方面，我认为应提倡点"谁都可以饶恕"的精神是有必要的。在家庭关系的处理上有一句话叫"不痴不聋，难作家翁"，其实，何止"家翁"呢！在家庭是这样，在社会交往上，这种态度也不失为一种上策。否则，事事当真、认真，能当得了、认得了吗？

有些人，对任何人都很刻薄，对任何事都针锋相对，针尖对麦芒，那么他的后果是可想而知的。须知世间万物，作用力等于反作用力，杀敌一万，自损三千。镰刀在砍柴的过程中，自身也就越磨越钝了。痛打落水狗，固然痛快，但你能都打得死吗？就算你打死了，还有狗家族，还有狗主人呢。兔子不急不咬人，狗急了要跳墙。须知把人逼到墙根时，你面对的也是墙根。把人"打翻在地，再踏上一只脚，使他永世不得翻身"的作法，肯定不可取。你的脚总踏在别人身上，累不累呢？能永远不拿开吗？你还干不干别的事呢？这些问题不解决，别人的翻不翻身就不是一厢情愿的了。

综上所述，我所言是指在大量的日常人际交往中应把握的一种精神，即宽恕、容让、厚道的精神而言的。并非倡导对一切人、一切事都要如此。否则你若面对吃人的豺狼而讲恕道，面对饿蚊子而舍身饲之，那你的神经可能是有问题了。就是在人民内部正常交往中也不能一味地忍让、宽恕，而应把"恕"和"严"结合起来，否则既不会有好效果，也是对别人、对社会的不负责任。

优则学与优则仕

"文化大革命"时，对《论语》中"学而优则仕"的观点很是批判了一阵子。当时我就想，学而优则不仕，非要让学而不优甚或不学无术者去仕吗？岂有此理。最近一段时间我把《论语》通读了一遍。读到这条论述时特别留意了一下，才知，原文根本或曰不完全是当时理解的"读书做官"的含义。原文是这样的："子夏曰：'仕而优则学，学而优则仕。'"翻成白话是："从政而有余力就去学习；学习而有余力就去从政。"可见古人把"诚意、正心、修身"，即"内圣"是看得很重的，是放在第一位的。学习、修身之余，才有资格去从政；而就是从了政，也要抽时间，用余力去学习、去修身。此说有点"帝王之业，圣人之余事"之况味，并不是起码不全是所谓的鼓吹"读书做官论"。此说放到现在知识经济时代，倡导终身学习的时代，也并未过时。

麻木不仁

仁是儒家一种含义极为广泛的道德范畴。其基本含义是倡导互相亲爱。一人为人，二人为仁，可见仁是处理人与人之间关系的学问和道德规范。如何处理呢？基本要求是"己所不欲，勿施于人"，进一步要求是"己欲立而立人，己欲达而达人"。我们常说的一句话叫做"麻木不仁"，说归说，但对此话并不真解。麻木和不仁怎么会联系到一块儿呢？待至最近读《近思录》一书中程颢的一段话，"医书言手足痿痹为不仁，此言最善名状。仁者以天地万物为一体，莫非己也"，方知，"麻木不仁"是从医学用语借转来的。还知道了据宋儒的说法，把天地万物，当然包括众生，更包括所有的人是看作一体的。若此理解，自己的手足痿痹了，你不管不问是为"不仁"，如此推知，那么部分人痿痹了，领导不去关心，领导当然就是"不仁"了；动物、自然界痿痹了，人类不去关心，人类当然也就是"不仁"了！

偶感身心合一

身心合一，可否具象言之？可。如身在吃饭，心就也在吃饭；身在睡觉，心就也在睡觉；身在走路，心就也在走路；身在做事，心就也在做事，如此等等。心不能迟到、不能早退、不能缺席，不能交头接耳，不能心不在焉。就是常讲的，心要安住当下。为什么要安住当下？因为身只能在当下，身心要合一，心也就必须安住当下。如心想过去，身能到过去吗？心想未来，身能到未来吗？不可能。这样做，并非束缚思想，并非保守封闭。因为心只有安住当下，才是对过去负责，也才是对未来负责。再说，思过去不是为了当下吗？思未来还得从现在做起嘛！孔子曰："成事不说，遂事不谏，既往不咎"，也含有这个道理。

别人有错怎么办

如果发现别人有缺点、错误怎么办？我的意见，如果方便的话，一定要说，一定要劝。为什么？首先，这是负责的态度。再则，你要不说，你是要承担因果的。劝说了之后呢？你的任务就算完成了，听不听是他的事。他听了，你别欢喜，他不听，你也别烦恼。因为，一者你说的不一定正确；二者他听不听得进去，也是因缘。人家不听呢，是人家的自由，犯不着你去不高兴；人家要听呢，那是人家的悟性、胸怀，也没你什么"功劳"。

孔子曰："事君数，斯辱矣；朋友数，斯疏矣。""以道事君，不可则止。"

孟子曰："君有过则谏，反复之而不听，则去。"

圣人之训传承几千年，自有其道理。

善 生 善 死

养生就是养死，养死就是养生。

善生才能善死，善死才能善生。

子曰："不知生，焉知死。""事死如事生。"

是也：知生知死，知死知生。事死事生，事生事死。

道的极端重要性

有知未必有识，有识未必有才，有才未必有智，有智未必有德，有德未必有道。最重要的学是学道，最重要的悟是悟道，最重要的行是行道，最重要的得是得道。子曰："朝闻道，夕死可矣。"可见，道的极端重要性。

子曰，我说

子曰："成事不说，遂事不谏，既往不咎。"

我说："好汉别提当年勇。别放马后炮。打人别打脸，骂人别揭短。"

欲何，何至

子曰："我欲仁，斯仁至矣。"

我信矣。

何止是仁呢，其他亦然。

我欲真善美，真善美至矣；

我欲假丑恶，假丑恶至矣。

未必有求皆苦

人言：有求皆苦，无欲则刚。

吾言：未必。

何者？子曰："求仁者得仁。"求仁，则人悦己悦，足见非苦；无欲未必非要刚。刚则易折，莫若刚柔相济，以柔克刚。

仁、乐在己不在人

子曰：我欲仁，斯仁至矣。

吾曰：我欲乐，斯乐至矣。

苦海无边，回头是岸。

仁、乐，在己不在人。

儒 学 论 诚

可用四字概言儒学。何者？曰："内圣外王。"此理在四书之《中庸》里有精辟论述。故言《中庸》为古之士者的修身心法。四字的核心似可归结为一个"诚"字。何以见得？试看《中庸》中的有关阐述：

"知、仁、勇三者，天下之达德也，所以行之者一也。"此处之"一"，即指诚实。

"诚者，天之道也；诚之者，人之道也。诚者，不勉而中，不思而得，从容中道，圣人也。诚之者，择善而固执之者也。"

"自诚明，谓之性。自明诚，谓之教。诚则明矣，明则诚矣。"

"唯天下至诚，为能尽其性……可以赞天地之化育，则可以与天地参矣。"

"唯天下至诚为能化。"

"至诚之道，可以前知。"

"故至诚如神。"

"诚者自诚也，而道自道也。诚者，物之终始，不诚无物。是故君子诚之为贵。诚者，非自成己而已也，所以成物也。"

"故至诚无息。"

"唯天下至诚，为能经纶天下之大经，立天下之大本，知天地之化育。"

综上可见，"至诚通天""至诚通神""心诚则灵"确有道理！

头头是道

头头是道，无头不是道，无处不是道。儒家说："道不远人。""道也者，不可须臾离也，可离非道也。"道家言："道者万物之宝。"一得道高僧说："道在屎尿中。"是的，万物皆道，万物皆师。是故，佛说："一切法皆是佛法。"

持之以恒好好做事

你认识了字，未必真懂得字的意义；

你真懂得了字的意义，未必能按照字义去做；

你能按照字义去做了，未必真能做好；

你真能做好了，未必能持之以恒。

反过来讲，若有不识字的人能按该做的字义持之以恒地去做并做好了，他比那些满腹经纶而能说不能行的人还有文化，还难能可贵。

子夏曰："事父母能竭其力，事君能致其身，与朋友交言而有信。虽曰未学，吾谓之学矣。"此乃至理名言。

大丈夫的境界

人若没有操守，会"饱暖思淫欲，饥寒起盗心"；人若有操守，则能"衣食足而知荣辱，穷困时而愈勤勉"。子曰："君子固穷，小人穷斯滥矣"；推想可知："君子固富，小人富则奢矣。"孔子又曰："不仁者不可以久处约，不可以长处乐。""仁者"的基本条件，应是有操守者。孟子曰："富贵不能淫，贫贱不能移，威武不能屈，此是为大丈夫。"何为大丈夫？大丈夫者，自己是丈夫，又能使别人为丈夫之谓也。当然，在某种意义上讲，自达亦是达人。真正把"大丈夫"之意表达得更充分、更明白的，可在《孔子家语》中孔子的一段话中思悟："是故以富而能富人者，欲贫不可得也；以贵而能贵人者，欲贱不可得也；以达而能达人者，欲穷不可得也。"其意思是："自己富有又能使别人富有的人想贫穷也办不到；自己显贵又能使别人显贵的人想卑贱也办不到；自己闻达又能使别人闻达的人想陷入困境也办不到。"人生的追求无外乎"富、贵、达"三者，自己实现了此目标，还要做"大丈夫"，去帮助别人共同实现这个目标，这样的人，他的"富、贵、达"不是一时的，会是可持续的，他不会破产、不会倒霉、不会衰敝。你想想，这是何等诱人的境界！

平天下者平心也

格致诚正，修齐治平。

格物致知者格致其心也，诚意正心者诚正其心也。

修身者修其身心也，齐家者齐其家心也。

治国者治民之心也，平天下者平天下人之心也。

如何平天下人之心？以圣人心治国人心，以达"止于至善"之心也！

改过近贤

"人非圣贤，孰能无过。"言外之意何？曰：圣贤无过。如何学圣贤、近圣贤、做圣贤？曰：改过。改一分过，近一分圣贤；一日不见己过，即一日空过。

进贤贤哉

《孔子家语》载，子曰："赐，汝闻用力为贤乎？进贤为贤乎？"子贡曰："进贤贤哉！"子曰："然。"大意为：孔子说："端木赐，你听说用力做事的人贤能，还是举荐贤人的人贤能呢？"子贡说："举荐贤能的人贤能！"孔子说："对。"孔子此处对"贤人"之诠释及褒扬可谓别具一格、振人心魄。常人认为"贤人"者，当看其"政行"或察其"存心"是也，当然这也很重要。但孔子未如此论述，而独提"进贤为贤"。我理解，此非否定其余贤行，而是强调进贤之行当为最重要之贤行；此非否定其余贤心，而是因为若无贤心，一则无法识"贤"，二则不肯进"贤"矣。试思之：汝非贤者，何能识贤？嫉贤妒能者何能进贤？再者，贤政、贤治必然为一连续不断之过程，若非贤者进贤，如何培育后贤？如何使持续不断之贤者在位矣？

由此观之，举才者重"举贤"，选人者重"选贤"，让位者重"让贤"，干部任用重"任人唯贤"是何等重要。贤者，君子之佼佼者也，圣者之后备军也。若进贤、举贤、选贤、让贤蔚然成风，乃水涨船高，圣者世出之良壤也！

夫子三言

《孔子家语》载，曾子侍，曰："参昔常闻夫子三言。夫子见人之一善而忘其百非，是夫子之易事也；见人之有善，若己有之，是夫子之不争也；闻善必躬行之，然后导之，是夫子之能劳也。"大意为：曾子在旁边陪侍，说："我曾听先生您说过三句话。先生您见到别人一处优点就忘掉了他所有的缺点，因此您容易与人相处；看到别人身上有好的东西，就好像自己也有了，因此您不与人争胜；听到善行就亲自实践，然后引导别人，因此您能吃苦耐劳。"以上虽谓夫子"三言"，其实是为"三行"。三行者，一者，如何看人。即看人看"善"，即"看人人皆佛、菩萨"，因世人无"一善"可称者几无，虽十恶不赦之人亦然。若此观之、待之，焉有不恭敬之理，焉有难处之人？二者，见"人善"如何"切己"。见人善为己善，实事上它就真的成了己善，此之谓"随喜功德"之谓也，即随喜别人之善，其善即成为自己的功德。非独如此，此者若真行之，尚能治己之嫉病、狂病、傲病者也。三者，以上二者为"看法""想法"，还应有"行法"即亲自去"实践"，非但自己实践，而且引导别人去实践，此乃"自立立人""自度度人"之大乘精神、大丈夫行略也！

又悟，读书贵在明理，明理贵在导行，导行贵在共行。多读书固好，但若悟之不彻、彻之不行，读又何用？若学一字行一字，悟一理行一理，则虽读书未必多，但亦真读书之人也！若上之"夫子三言"然，果若依之而行终身，何事不成？

善言重于财

《孔子家语》载，孔子言："君子遗人以财，不若善言。"是说，君子送给别人财物，不如赠给他有益的言辞。佛教把布施列入菩萨六度的第一位，认为布施有三种，即财施、法施、无畏施，其中法布施尤重。赠人于善言确属"法施之列"。孔夫子此言教当从三方面去解释、践行：第一，我们遇到君子，不要企望从他那里得到什么物质利益，而要虚心向他请教"善言"，并得之如珍，切切实行。第二，"三人行，必有我师"，在好学者眼里"无人不师"，在"君子"眼里"无人不君子"。第三，自己要做君子。即处处、事事想到为别人着想，想到为别人做点什么。有经济利益予人固然很好，但不管是否有经济实力，都要时刻想着赠给别人有益言辞。再退一步讲，就是没有这样的机缘，或者人家不愿听你的，你布施个微笑，随喜个功德，存一份美好的祝福，总是可以的吧？

把心调到归零状态

心如猿猴，片刻不停。醒时不停，眠时也不停；动时不停，静时也不停。宁静、淡泊谈何容易？尽管如此，但做得比较好或逐步向好是完全可以且是值得追求的。其追求的办法之一就是：时时提醒自己把心调到归零的状态。何也？归零状态就是阴阳平衡状态，就是（+1）+（-1）=0的状态；就是不卑不亢、不躁不怠、不喜不悲、从容中道的状态。《中庸》言："喜怒哀乐之未发，谓之中，发之皆中节，谓之和。""致中和，天地位焉，万物育焉。"就是要追求这种中和状态。

亲不在时仍可行孝

《孔子家语》有言："树欲静而风不止，子欲养而亲不待。"此语旨在宣扬儒家的孝道，从反面告诫子女行孝要及时，不要待到父母去世的那一天。这种说法确实有道理，其实何止是行孝呢？许多事情亦然，不把握好当下多行善事，是会悔之晚矣的。但仔细一想，也不完全如此。就拿孝道来说，父母在时能尽孝道固然很好，但就是父母"不待""不在"了，那孝道就没法尽了吗？就永无尽孝道的机会了吗？我认为不必如此悲观。试听我说其理由：第一，父母不在了，还可能有其他的长辈在，也仍然要行孝啊！第二，自己的父母不在了，但其他人的父母乃至众生的父母永远都在啊，不也需要行孝吗？第三，父母的"身"不在了，但他们的"灵"是永远不灭的啊！你好好做人、做事、行孝，他们都是有感应，都是会得益的啊！不是言"一人得道，九族升天"嘛！第四，按佛教讲，人的生命绝不是一期，而是无始无终的，在多生累劫的时日里，你的父母也是无量无边的，你的孝行有尽期吗？第五，尽孝的对象不仅是指父母，指长辈，还可及与其他，比如天地不是父母吗？不是还有"乾父坤母""祖国母亲""党啊母亲"之说吗？你效天法地、报效祖国、尽忠于党，不也是更大的孝心吗？

舌言、行言、声言、心言

《孔子家语》载，孔子曰："君子以行言，小人以舌言。"是的，小人以舌头说话，而君子是以行动说话，这也是身教胜于言教的另一种表述。其实"言"的方式，不仅仅这两种，还可有其他，比如哭声也是一种言的方式，乃至心亦可言。

亦是《孔子家语》所载，孔门高足颜回就曾根据一妇人的哭声判断其中蕴涵着的"言语"不仅有死别而且有生离。至于"心言"，我可引用《列子》上的一篇文章来说明：海边有一个人，经常与海鸥一起玩耍，成了很要好的朋友。每天一起玩的海鸥有成百只以上。他的父亲说，我听说你常跟海鸥玩，明天到海边给我抓几只吧！第二天，该人到海边后，海鸥在空中飞翔而不下来。玄妙哉！该人只是起了要抓海鸥的"心言"，就被海鸥悉知了。可见我们不仅要慎舌言、行言，而且要慎身言、心言，要慎起心动念！

最好的事情是改错

古语云："知错能改，善莫大焉。"意思是，有错能改正，没有比这更好的事情了。这句话前一句是：人非圣贤，孰能无过。其实，过错是人人都会有的，圣贤也不可能全无过错。人是在改错中成长、成才、成功的。善，不仅仅是说善言、做善事，还在于"改错"，因为改错"善莫大焉"嘛！其实这两者不矛盾，因为你改了不说好话、不做好事之错，就是在说好话、做好事。在这个意义上讲，改错就是行善，行善必须改错。

忠孝未必不可两全

"一等人忠臣孝子，两件事读书耕田"是清朝乾隆年间的大学士纪晓岚写的一副对联。中国古代社会，一直把"忠臣孝子"当做人生价值的最高追求，但同时还有一句流传甚广的话叫"自古忠孝不能两全"。此话是有一定道理，但也未尽然，就看以什么标准来衡量、站在什么角度来看了。从"起点"来看，忠、孝是紧密相连的，"求忠臣于孝子"是也，一个对其父母都不尽孝的人能对君、国尽忠吗？同理，对君、国不尽忠的人也不会是孝子。从要求上来看，衡量"忠孝"的标准是"尽"，而"尽"在尽力，更在尽心。你只要尽心尽力去孝去忠了，你就做圆满了，圆满了也就"全"了。从结果来看，并非尽忠就一定要为国家、民族做一番惊天动地的事业甚或抛头颅洒热血，实际上也未必人人有此机缘，尽孝也并非日夜守护在父母身边，而不去干事业。我觉着真正的尽孝也就是在尽忠，谁说父母不是"君"呢？如果人人都能尽孝，这个国家能不强大吗？而真正的尽忠也就是在尽孝，谁说国家、君主不是"父母"呢？能为国尽忠不是对父母的最好慰藉和大孝吗？重在"素富贵行乎富贵，素贫贱行乎贫贱"，在家把"孝"做到极致，在单位把"忠"做到极致，随缘"尽心"而已。

在《孝经》中，孔子是把孝当作"至德要道"来推崇的，达此极致还不是"忠孝两全"吗？又，《孝经》中子曰："立身行道，扬名于后世，以显父母，孝之终也。"可见"立身行道""事亲""事君"原本就是一回事。

自求多福

俗话说"有求皆苦，无欲则刚"，这话有道理，但也不尽然。首先说，无欲未必非要刚，还是刚柔相济、阴阳平衡为好。再说，有求也不全是苦，关键看求什么、求谁。人生世间，不可能无求。就说求名求利求地位吧，求私名、私利不好，求公名、公利则是应该的。向外求，求人固然是用错劲了，但向内求，求己则是对的。再进一步说，求为贤、为圣，求知识、求道德等不仅是高尚的，也是苦中有乐或言有大乐在其中的。有一副对联云："惜衣惜食不是惜财缘惜福；求名求利不要求人但求己"，很是有理。"观音拜观音，求人不如求己"讲的也是这个道理。其实真正的求，是求己而不是求人，是内求而不是外求。真正该求的，首先是求自己不为恶，其次是求自己要为善；首先求自己独善其身，不为恶，其次求兼济天下共同为善。世人都爱求人，其实在自己不努力的情况下，求任何人都是没有用的。"药医不死症，天助自助人。"若不自强，天不会助你，人也不会助你。设想一下，你不下苦功夫，求自己都不管用，求别人有用吗？有人言，如自强不息地追求某样东西时，整个宇宙都会帮助你。这话是有深奥道理的。再说求人也不是容易张口的，"上山打虎易，开口告人难"即是。

《诗经》言："永言配命，自求多福。"其意思是，常思虑自己的行为是否合乎天理，求助自己比求助别人会得到更多的幸福。

须知，这里的重点在"自求"，即"求自"上。

孟子曰，我曰

孟子曰："不仁而得国者，有之矣；不仁而得天下者，未之有也。"

我曰："不以正道得官者，有之矣；不以正道得民心者，未之有也。"

尽心与尽责

自尽其心，是对自己负责；

人尽其才，是对人的负责；

物尽其用，是对物的负责；

地尽其利，是对地的负责。

对物负责就是对人负责，对别人负责就是对自己负责，对自己负责就是对天地负责。

负责就是要尽心、尽力、尽性。

孟子曰："尽其心者，知其性也。知其性，则知天矣。"

天爵、人爵，为事、为官

孟子曰："古之人修其天爵，而人爵从之。今之人修其天爵，以要人爵；既得人爵，而弃其天爵，则惑之甚者也，终亦必亡而已矣。"

此语引申到政界为人、为事、为官上，可语为：有德之人尽心做事，名利从之；无德之人也在做事，但是为了名利；既得到名利，而弃其精勤做事，"则惑之者甚也"，终必被人唾弃也。

大人、小人

何为大人？何为小人？孟子曰："养其小者为小人，养其大者为大人。"何为大者？心性为大、道性为大、人格为大，反之为小。总体来说，为别人、为大多数人着想的叫大人，只为自己、为少数人着想的叫小人；为全局利益、长远利益着想的人叫大人，只为局部利益和眼前利益着想的叫小人；把事做好了未必是大人，但把人做好了可称为是大人。

仁者如射

孟子曰："仁者如射，射者正己而后发，发而不中，不怨胜己者，反求诸己而已矣。"

我解：不怨天，不尤人，从自己身上找原因。或曰：怨人不如修己，生气不如争气。

反观今人，不但己不正即发，发不中即怨胜己者的大有人在，甚至射都不射，就只一味怨天尤人者也不乏其人。

与人为善

照惯常的理解，与人为善，就是要以善心待人，和与人方便自己方便的意思差不多。近读《孟子》方知，此解与原意相去甚远。此论原文是这样的："取之者人以为善，是与人为善，故君子莫大乎与人为善。"意思是说，吸取别人的优点来做有益的事，这就是偕同别人一道做有益的事。所以君子的最高德行，就是偕同别人一道做有益的事。

由此可知：第一，与人为善，是"与"人"偕同"为善，这是君子最高的德行，因为一个人的力量毕竟是有限的；第二，能吸取别人的优点来做有益的事，就等于是偕同别人一道"为善"了。可见，为善必须修自己，修自己必须学别人，此亦是"与人为善"的题中之义。

防民之口与防己之口

《国语·周语上》曰："防民之口，甚于防川。"川者，江河也，意为若防不住民之口舌议论，或若决堤之水泛滥成灾也。但防又何益？只被动地防，总不能谓上策。故有言："天下有道，则庶民不议。"说到底，使天下有道乃为防民之口的根本措施。否则，只靠防是防不住的。由此我引申了想，对治国者言若此理，对治身、修身者又何尝不如是呢？因为身国同构，咸为一理。近而，"防己之口"亦"甚于防川"，己口不治亦泛滥成灾。防己口，根在治己口；治己口，根在治己心；治己心，在己能"有道"。

"得失"之悟

《吕氏春秋》中载一寓言：楚王在云梦泽打猎，不小心把自己心爱的弓丢了，侍从们要顺原路寻找。楚王说："算了吧，不必找了。楚人失之，楚人得之，到不了别处的。"孔子听说此事后，评论说："这话去掉'楚'字就好了，不妨说：'人失之，人得之'。"老子听说孔子的评论后，也发表了自己的看法。他说："再去掉'人'字会更好，那样就是'失之，得之'，这样符合天道。"

此寓言值得深深思悟。其实放到更大的时空来审视：无无得之失，亦无无失之得。失之得之，得之失之，无失无得，无得无失。这是一种大平衡，是物质的平衡，也是心理的平衡，是物质与心理的平衡，是一种大胸怀、大境界。

"圣贤之言，不得已也"

宋儒程颐《答朱长文书》云："圣贤之言，不得已也。盖有是言，则是理明；无是言，则天下之理有阙焉。……然包涵尽天下之理，亦其约也。"此文的意思是："圣贤的言语都是在不得已的情况下说的。因为通过这些言语，才能明确表达义理；没有这些言语，则天下义理就不被人理解。然而其中所包含的天下义理，也说得很简约。"简言之，就是圣贤者，不得已才说话，就是不得已才说的话，也说得很少。老子言"犹兮其贵言哉"亦此意。可谓"惜墨如金，惜言如玉"。今之某些为官者呢？逢会必讲，逢讲必长，空话连篇，言之无物，为讲而讲，几无效果。无怪乎，今之世"圣贤"者少矣！

有则改之，无则加勉

"有则改之，无则加勉"之句出自朱熹《近思录》。其义为：对别人给自己提出的缺点错误，如果有，就改正，如果没有，就用来提醒自己不犯同样的错误。这句话现在的使用频率是比较高的，但真正能做到的实在不多。"有则改之"不易，"无则加勉"更难，更多的则是把本来就"有"的缺点错误也说成为"无"，当作"加勉"去处理了！说"加勉"也是搪塞，其实是不服气、不接受，真正是"大事化小，小事化了"了。此处我想说的是，你听到别人的批评、传言乃至不太信实的说法，都应深刻检查、反思，把"无"当"有"看，把"加勉"当"改之"处，这样是有好处的。因为在很多的情况下，人们对你有些看法、说法，尽管听起来很荒唐，但也总有个原因，不一定完全是捕风捉影。再退一步讲，就算捕风捉影也还是有个"风"可"捕"，有个"影"可"捉"的。

应立让人"刮目相看"之志

《资治通鉴·孙权劝学》中："蒙曰：士别三日，即更刮目相待。"如何理解并做到此话？第一，让人"刮目相看"者，应是"士"，即有志向、有学识之人方能为之；第二，须"三日"，三即多的意思，即"令人刮目相看"非一日或短时所能为；第三，看人不能用老眼光，尤其是"士"，是可变化、可大变化、可变化得令人耳目一新的；第四，要让人"刮目"相看，就必须痛下决心，"苟日新，日日新，又日新"，时时奋进，日日积累。下定让人

"刮目相看"之志，终至让人"刮目相看"之境。

以天地万物为一体

王阳明在《大学问》一文中言："大人者，以天地万物为一体者也。其视天下犹一家，中国犹一人焉。"他进而谈道：如果有人按照形体来区分你和我，这类人就是所谓的"小人"。大人能够把天地万物当作一个整体，并不是他们有意去那么做，而是他们心中的仁德本来就是这样。这种仁德跟天地万物是一个整体。岂止是大人才会如此呢？就是小人的心也没有不是这样的，只是他们自己把自己看做小人罢了。

此事，此理，我感悟如下：

就一个人而言，身、心是一体的，要不怎么能叫人呢？

就一家庭而言，父母、夫妇、子女、兄弟、姐妹是一体的，要不怎么能叫一家人呢？

就一国而言，国民之间是一体的，要不怎么叫同胞呢？

就人类而言，人与人是一体的，要不怎么叫人类呢？

就生物而言，人、动物、植物、微生物是一体的，要不怎么叫生物呢？

就"物"而言，生物与非生物也是一体的，要不怎么叫"物"呢？

就万物与天、地而言，也是一体的，要不怎么说是"天人合一"呢？

由以上分析可得出结论：

身心合一，自他合一，天人合一。

知此理，行此理，证此理，即为知行合一！

动心为耻

读王阳明传记悉，王与其他同学共赴科场，落第后，周围同学哭天抢地、寻死觅活时，王阳明却说："世以不得第为耻，吾以不得第动心为耻。"

此境界非常人所能及。虽不能至，心向往之。

引申了看，非但落第是一种考验，你在遭受一切打击、失败、污辱时都是考验，都应以动心为耻；非但逆境时，你获得成功、嘉奖、封官加爵时更是考验，更应以动心为耻。

从此处可加深理解六祖惠能所言"非幡动，非风动，仁者心动"之语。

还可悟达孟子之"不动心"的境界。

在耐字上下功夫

曾国藩关于读经（我认为读其他有分量的书亦适用）有以下言论："读经有一耐字诀。一句不通，不看下句；今日不通，明日再读；今年不精，明年再读。"此乃经验之谈。我越来越感到，读书，尤其是读经典书，切莫求快，要在"耐"字上下功夫。读一点、通一点，精一点，消化一点，若建立巩固的革命根据地然，把根据地建好了、扩大了，慢慢地就可以攻城略地，称王作主了。否则，占一地，丢一地，到最后，一地都占不稳，空空如也，穷光蛋一个。

谦　恭

　　曾文正公认为，致败之因，最是两种，曰长傲，曰多言。多言且不讲，单说长傲者。治长傲根本在于修心，在于增进修养，在于发自内心的谦卑、谦恭。这种谦恭不仅表现在言语上，更不是做做样子。重要的在于发自于心，见之于面，落实于言行举止上。曾国藩云："凡心中不可有所恃，心有所恃则达于面貌。"何止达于面貌呢，它会达于方方面面。可见，关键在于"心"，在于心中不要有任何"自恃"的东西。其实，任何东西都是靠不住的，若硬要找一样可靠的东西的话，那就是"谦恭"。耶稣告诫徒众："要以谦卑束腰。"人不仅对上帝要谦卑，对众人、对每一个人都要谦卑。其实上帝就是众人、就是众生、就是宇宙大道。故谦卑谦恭可达于一切。

曾文正公的"三看"

　　曾国藩说："看一个家族的兴败，看三个地方：第一、子孙睡到几点，假如睡到太阳都已经升得很高的时候才起来，那代表这个家庭会慢慢懈怠下来；第二、子孙有没有做家务，因为勤劳、劳动的习惯影响一个人一辈子；第三、看后代子孙有没有读圣贤的经典，'人不学，不知道'。"

　　星转斗移，世事迁变，此"标准"不可能无任何转变，但不能不说此语确实是很有道理的，而至理往往是超越时空的。此语虽平易、实在，但有多少个家族、多少个现代的子孙能真正做到呢？若此，不仅家族堪忧，民族亦堪忧。因民族是由家族组成的，家族是由一代一代人组成的。

首孝悌，次见闻

《三字经》云："首孝悌，次见闻；知某数，识某文。"传统道德认为，万事孝为先，而"悌"则是"孝"在兄弟间关系上的延伸。此为何哉？即做人的品德、修养是也。这是首要的，然后才是"见闻"。见闻者，知识、技能是也。首先是人品、是德，其次才是技能和本事。拿"教书育人"来说，亦如此。先教做人、先提高修养，然后才是教文化、教知识。这些都是传统训蒙教育的基本思想，大有遵循之必要。

切莫"位卑而言高"

近读《孟子》，"位卑而言高，罪也"语引吾警策、省思。此言极深，极有针对性，即使在今日。因为这样的"罪"人实不少矣！为何"罪也"？一者，"不在其位，不谋其政"。二者，存在决定意识，位卑之存在，何能"言高"？三者，不管位卑、位尊，都应言实，不能"言高"。或问：此不与"位卑未敢忘忧国"矛盾乎？答：不矛盾。此言"位卑"者是让你"忧国""报国"，何谈让你"言高"呢？又问：此不与"参政议政"者矛盾乎？答：也不矛盾。首先，有"参政议政"资格者，不可全以"位卑"视之；其次，参政议政要在认真调研基础上，负责任地提出意见、建议，非是信口开河，更非胡言乱语的"言高"。再说了，何止"位卑"者

"言高"有罪呢，任何人，即使是"位尊"者也不要"言高"，你"言高"就算无罪，也肯定是不妥的。

古人的德智体教育

古人的教育分小学、大学。八岁入小学，学习"洒扫应对进退、礼乐射御书数"等文化基础知识和礼节；十五岁入大学，学习伦理政治、哲学等"穷理正心，修己治人"的学问。大学且不论，其在小学教育中即内涵了"德智体"三方面的教育。何以见得？"礼乐、进退"可对应"德"；"书数"可对应"智"；"洒扫""射御"可对应"体"。这种对应虽不完全契合，但我认为不无道理。

心 向 往 之

《史记·孔子世家》有言："虽不能至，然心向往之。"意指对某个人或事物心里很向往。这两天，我脑海里不时冒出这句话，并做了些思考。

第一，虽不能至，似有两种涵义。一是目标上的不能至；二是行动上的不能至。

第二，心向往之，亦似有两种涵义。一是心里很向往，二是心完全可以"往之"。此处之"之"，可理解为"达成"之义。

第三，其实心、行是合一的、不二的。身、行虽不能至，但心则无所不至、无所不能。"心向往之"，则身早晚"能至"，甚或可言心向往之时，其实就是你"能至"之时。王阳明认为，知行是合一的，并认为心不仅是行的前导，心之行本身就是行。

学问之"问"

学问，学重要，问也很重要。会答重要，会问也很重要。有时答得精彩是因为问得精彩而导出的。古今中外许多经典著作，尤其是一些宗教典籍都是问答体裁的。翻开儒家经典，涉及学问之"问"的论述不胜枚举。比如《中庸》中关于治学名句中，就有"审问之"的内容；曾子有"以能问于不能，以多问于寡"的嘉言；孔夫子有"子入太庙，每事问"的懿行等。好了，咱不说经典，也不说贤哲们了，虽然我们没法与人家比，但他们"问"的精神和方法倒是应该诚心效法的。我们应该如何问呢？第一，不懂的要问，不能不懂装懂。第二，知之不多、知之不深的也要问，以求学问的不断增进。第三，还要学学曾子的"以能问于不能，以多问于寡"，且不说"智者千虑，必有一失""卑贱者最聪明"，况且自己也未必是智者、高贵者。第四，不要不好意思，问是一举几得的事情。自己得到了知识；给了别人"积福""法布施"的机会；展示了自己谦虚、诚实的姿态等。第五，要会问，应是经过认真思考的"有备而问"，不能乱问、瞎问、不着边际的问。第六，既要向别人发问，又要向书本、向实践、向自然界发问，还要向自己发问，即反问、反思、自问、自省，等等。

说 易 行 难

自古以来，在"知、行"关系问题上，是"知难行易"还是"知易行难"的争论从来没有停止过，似乎没有定论。我说的是

"似乎"，其实，定论早有矣！何也？其实在王阳明处早已言明："知行"是不可分的，是"合一"的，真正的"知"就是"行"，真正的"行"就是"知"。如果知而未行，只是未曾知。在这个层次上讲，说"知难"还是"行难"没有意义。这两天，读书看到与此事有关联的两处文字，倒是可给人以启发。一是隋朝智者大师在《童蒙止观》中讲到"说难行易"；二是弘一大师在《改过实验谈》一文中讲到"改过之事，言之似易，行之甚难"。此两处都讲的是"说"与"行"而不是"知"与"行"的关系。讲"说易行难"，完全不会有争议，因为能"说"到的不一定就是真知。只有说到做到、能说能行才是真智慧，才是"知行合一"。

被误读了的话

"人不为己，天诛地灭"，多年来一直成为极端自私之人的托词，认为人要不为自己谋私利，那么连上天都会诛杀他。其实这是被根本误读了的。它的原意应该是"人不为（wéi，应该二声）己，天诛地灭"。其真实涵义为：人如果不先自己修身，那么就会被天地所不容。这才是符合中国传统文化基本精神的，也与孔子"古之学者为己，今之学者为人"之意契合。若照第一种说法，那上天还有正事吗？怎么会帮助自私自利之人呢？

有朋自远方来

子曰："有朋自远方来，不亦乐乎。""远方"者，当不仅指空间上的远距离，而且指时间上的古圣贤；不仅指感情上的好朋友，而且指有不同见解的诤友、挚友。"来"者，因缘契合者也，志同道合者也，感召、相迎而来者也。"乐"者，交往之乐，习学之乐，同修之乐也。

"默而识之"是"不厌""不倦"的前提

《论语·述而第七》子曰："默而识之，学而不厌，诲人不倦，何有于我哉？"是说：把所学的知识，默默地记在心中，勤奋学习而不满足，教导别人而不倦怠，对我来说，还有什么遗憾呢？孔子的这段话，广被记诵的是"学而不厌"和"诲人不倦"，而对前一句"默而识之"大多忽略或重视不够。当然，"学而不厌""诲人不倦"非常重要，但"默而识之"也不容忽视，甚至是"不厌""不倦"的前提。何以知之？从行文上看，"不厌""不倦"是在"默而识之"之后的；从意义上讲，如果做不到"默而识之"，那"不厌""不倦"就谈不上、做不到。那何为"默而识之"？在此处"识"不读"shí"，而读"zhì"，是记住的意思。这句话讲的是，能静下心来学得进去的人，不会感到厌倦，否则既做不到"不厌"，也做不到"不倦"。可见，"不厌""不倦"的前提是沉下心来、潜心学问，不仅"知之"而且"乐之"，有学习的兴趣，且能不为名利、不张扬、默默无闻、扎扎实实下功夫。没有这样的态度，没有这个前提，做好学问是不可能的。

下决心做个"有恒者"

孔子曰："圣人，吾不得而见之矣，得见君子者，斯可矣；善人，吾不得而见之矣，得见有恒者，斯可矣。"在这里，孔夫子是把向上攀升者分为四个层次的，即"有恒者""善人""君子"和"圣人"。看样子，像我这样的人，遑论"圣人"，就是称"善人""君子"也是够不上的，退而求其次，就是做"有恒"者，又谈何容易呢？尽管不容易，那也得下定决心去做啊！持之以恒地好好做人、做事、做学问，就这么做去，总会趋向"善人""君子"乃至"圣人"的。就算进境不大，亦"斯可矣"，总比向下堕落要好得多吧！

比如"称重"

中庸是儒家学说的重要概念，其作为个人品行修养的最高境界和为政治国的至上追求可说是无以复加的。无怪乎孔夫子感叹曰："中庸其至矣乎！"中庸不是平均数，不是正中间，更不是和稀泥、老好人，是"时中""中和"和"均衡"，是随时随地使个人、社会达到阴阳和合的"归零"状态。这样讲都太抽象了，那举个生活中的例子吧。如用秤称东西，秤杆、秤砣、称重物随时都在变动中，而绝不会是一个"定象"，"中庸"的境界就是让几者之间随时保持在均衡公平状态。

礼的几层含义

我认为，"礼"起码有四层含义，不能不做了解。

第一层含义，是《礼记》中讲的，"礼者，理也。明礼必达理"。第一个"礼"是礼仪的礼，第二个"理"是道理的理。什么意思呢？是说，讲礼仪必须依理而行，依道理而行，讲礼仪必须先明理。讲礼仪，更会达理。

第二层含义，是"礼者，立也"。"立"是立足的立。孔子讲过"不学礼，无以立"，是说不学礼便无以立足、无以立身。

第三层含义，是说"礼者，履也"。这个"履"是履行的履。《白虎通·礼乐》一书中讲"礼之为言履也，可履践而行"。是说礼仪这件事情可言为履也，是要履行实践的，礼不是用来说的，是用于行的，是用来履践的。如果学了礼不去履践、不去实行，便谈不到礼。

第四层含义，是"礼者，利也"。这个利是利益的利，就是说，讲礼仪才能有利。这个利，既有利于修身，又有利于事业；既有利于自己，也有利于别人。

综上所述，理解了礼的这四层含义，我们就可以更自觉地去学礼、懂礼，履行礼仪，从而达理、明理，立足、立身，立己、立人，这是很有必要的，是很重要的。

王阳明与知行合一

说到知行合一，一般人都认为自己明白其意，认为不就是把知和行结合起来嘛！其实，是把这个问题看简单了。要是这么简单的话，心学还用王阳明来阐明吗？

"知行合一"是王阳明哲学思想中最重要的部分。王阳明所言的"知行合一"的"知"，不是知道，也不是一般性的知识，而是良知。什么是良知呢？良知是每个人内心深处与生俱来的道德感和判断力，也就是天理、良心，或曰宇宙大道。他所说的"行"，也不仅仅是指行动、行为，也包括"心行"，也就是说心里的行动。认为，行为是行，人的主观意念活动也是行。他提出了，"一念发动处，便即是行了"的学说。他所说的知行合一，就是致良知。"致"就是行，"良知"就是天理。王阳明认为，知和行在本体上本来就是合一的，是一体的。好比手心与手背，身与心。离手心无手背，离手背无手心；无身无心，无心无身，此并非两件事。用王阳明的话说就是，"知即行，不行仍是不知"。也就是说，真知必然去实行，如果不去实行就不是真知，知行合一就是要符合他的本然状态。

比如，你抽烟喝酒很凶，然后你说你知道抽烟酗酒的坏处，你说你是真知道吗？这不是真知道。还比如说，你把孝顺父母的道理讲得头头是道，但却去虐待老人，在这样的情况下有人承认你知孝吗？不可能。

另一方面，如《论语》讲的，"事父母能竭其力，事君能致其身，与朋友交言而有信，虽曰未学，吾必谓之学矣。"也就是说，你能为父母尽孝，为国尽忠，为友尽信，即使你说你没学过这方面的知识，我也会说你已经学得很好了，这方面的道理你已经知道了。我们学王阳明知行合一，就是要在此处下功夫。

关于良知的话题

良知和致良知，是王阳明心学的重要内容，此学说太深奥了，非我之学力所能窥其门墙。在此，只能结合实际谈点粗浅体会。谈及心学，最先联系到的便是良知。而良知到底是件什么东西呢？王阳明在《传习录》上讲："知善知恶是良知。"也就是说，良知就是天理。《孟子·尽心上》说："不学而能者，其良能也；不虑而知者，其良知也。"在此，良知即指上天赋予人的、本然的、知善知恶的道德良心。王阳明说："我此良知二字，实千古圣贤相传的一点滴骨血也。"

那么，致良知是什么意思呢？有两层含义：第一，向内体认良知；第二，向外扩充良知。这两者齐头并进、且认且扩，渐至佳境。什么佳境呢？就是"明德、亲民、止于至善"。王阳明临终的时候，回顾自己一生及对世界的总结，说了八个字："此心光明，亦复何言"。由此可以悟到：良知者，内心之大光明也。

据说，王阳明的良知学说传播开来后，有人不服气，想看王阳明的笑话，正好有人抓到一个小偷，这些人就把王阳明找来，问他："你不是说人人皆有良知吗？你看这个小偷有良知吗？"王阳明于是就让小偷脱去外衣，小偷照办了，又让他脱去内衣，小偷也照办了。最后，王阳明让小偷脱掉内裤的时候，小偷说什么也不干了。王阳明便对大家说："羞耻之心人皆有之，这便是小偷的良知。"

我们还可以结合日常生活中的事理来体悟良知。即，就算再坏的人也知道什么是对，什么是不对。他不会承认自己坏，也不愿意别人说他坏。他也知道做好人好，也喜欢好人，这就是良知。一个人灵魂深处的善恶标准，就是良知，而把这个良知扩充起来，并按照这个善恶标准去做，就是致良知。

开启心灵的智慧

心灵深奥莫测，力量强大无比。任何时候任何情况下，只要你的真心在，只要心态好，就有希望。这是世间的真理，也是"阳明学说"的根本。

下面，讲几则例子与大家分享。

明代著名思想家李贽说过，"阳明先生门徒遍天下"。在王阳明的学生中有达官贵人，也有下层平民，甚至还出现了一位天资悟性极高的聋哑人。这个人叫做杨茂，幼儿时期患病，既聋又哑，所幸识字。他闻王阳明的大名，不远千里来求学，王阳明与其进行了笔谈。

王阳明问："你口不能言是非，耳不能听是非，你心中还能知是非吗？"杨茂答："知是非。"王阳明——对其开导，杨茂连连叩首拜谢。王阳明最后说："你口不能言是非，省了多少闲事非。耳不能听是非，省了多少闲事非。你比别人倒快活了许多。"王阳明最后下结论说："我今日教你，只是终日行你的心，不用口去说。终日听你的心，不用耳去听。"杨茂跪下磕头，不断顿首再拜，眼角流着眼泪离去。

下面，我再举几则例子。

我曾经看过一个视频，有一位失去双臂的西方年轻女子，用双脚可以熟练地开车。还见过一则微信，有一位没有双臂和双腿的男士，用嘴操作电脑，竟能自立工作谋生。还有大家都熟悉的天体物理学家霍金，只靠眼皮的活动，靠特殊的传感器仍然在进行科研工作，可谓苦不堪言。即便如此，他仍然能够妙语连珠，诙谐幽默，脸上总是带着霍金式的顽皮笑容，给自己也给别人带来快乐。还有更令人不可思议、叹为观止的，美国的海伦·凯勒女士，她既聋又盲，话也说不清楚，但经过老师的教育和她自己的刻苦努力，竟成为伟大的作家、教育家、慈善家和社会活动家。

以上这些人的共同点就是，他们都拥有一颗强大的心。通过这些事例，我们也可感悟到心灵的力量。相比之下，一些健全的人之所以平庸度日，不仅毫无建树，而且乏善可陈，甚至醉生梦死，差就差在没有开启心灵的智慧，没有挖掘真心的潜能，这真是一件令人汗颜的事情。

人应该有定力

　　世人都知道做事一定要有动力，此言不谬。但仅有动力还是不够的，事业要成功还需有定力。该动就动，该定就定。我们常说的一句话叫做"一定能成功"，这句话也可以理解为，要成功前提条件是"一定"。人为什么缺乏定力呢？首先，因为不明理，因为无明，所以烦恼、恐惧，所以定不下来。然后是私心作怪，即患得患失，心中没有主心骨，所以定不下来。

　　有学生陆澄问王阳明："有人一到晚上就怕鬼，这是为什么？"王阳明回答："这是由于他平日做过损人利己的事，如果为人处世，上不亏天，下不负人，便不会怕鬼。"这时候另外一个学生插话道："正直的鬼自然不怕，但是邪恶的鬼还是会迷人啊！"王阳明忍不住笑道："邪鬼也迷不了正人君子，只此一怕，便是心有邪念，心有邪念就疑为是鬼会作祟。其实并不是被鬼所迷，而是被自己的心所迷。比如，好色的就色鬼迷，贪财的就是财鬼迷，其实都是被自己的邪念所迷。"真是如此，许多人之所以容易受到外界影响，就是因为心不正，被各种物欲牵缠住了的缘故。

　　讲到这里，我们经常能听到有人问："世界上到底有没有鬼？"我们听了王阳明的阐述之后，应该回答："也有，也没有。"为什么呢？鬼都是疑心生出来的，疑心生暗鬼嘛！打个比方吧，监狱，对于犯人来说分明是有，对于守法的人来说，有等同于没有。你要好好做人，当然你就是人。做人做到极致了，你就是神仙。你能够自度度人，你就是菩萨。你自觉觉人，觉行圆满了，就是佛。那么如果你尽做鬼事，当然你就是鬼。

　　到底你是什么，就看你的定力，就看你把志向定在什么地方。

王阳明与立志

"立志"，是阳明心学中的一个重要方面。下面首先共同分享一下他的有关论述。

他说："诸公在此，务要立个必为圣人之心，时时刻刻，须是一棒一条痕，一掴一掌血，方能听吾说话句句得力。若茫茫荡荡度日，譬如一块死肉，打也不知痛痒，恐终不济事。"意思是说，大家一定要立志，立什么志呢？立下必定要做圣人之志，这个志向够大的。大家不要觉得我们离圣人很远，只有下决心去做，总会离圣人越来越近。

志向立下之后，就要刻骨铭心。好比一棒子打下来就是一条血印，一巴掌掴下来就是一手血。立下这样的志向才行，否则，你就好像一块死肉一样，打你一点感觉都没有，那么给你讲什么都没有用。

什么是立志呢？他又说，"念念要存天理，即是立志"。天理是什么呢？天理就是良心，就是良知。如果你起心动念、心心念念讲良心，按良知去做，这就是立志，立志就立这个志。

王阳明还说："诸公须要信得及，只是立志。学者一念为善之志，如树之种，但勿助勿忘，只管培植将去。自然日夜滋长，生气日完，枝叶日茂。"意思是说，学问的根本只是立志。立志就要立善之志，即为人要有善根，要有善种。有了种子，善为培养，才能发芽、生根、枝繁叶茂。如果人不立志，就像树没有种子，没有根底，必将一事无成。

说起立志来，大家首先可以思悟一下这个"志"字。什么是志呢？上面一个士，下面一个心，为志。什么意思呢？那么就是说，志是士之心。那么什么是士呢？十一为士，即士是人中才俊，十里挑一的就是士。而志就是士之心，就是要立下"必为十里挑一之士"的心，这就是志。论语云："三军可夺帅也，匹夫不可夺志也。"可见，立志之重要。

我们常讲，人要有志气，因为"人活一口气"。那么这气从何处来，气往何处去呢？气从志来，气向志去。所以，古语云："志者，气之帅也，志之所存，气之所往。"你立下了志向，你的志气、朝气、浩然正气才能升起来，才能培养起来。

好了，就从今天开始，就从当下开始，让我们大家共同按照王阳明的教导去做，立下必为圣人之志，做将起来，做将下去吧！

王阳明与慎独

王阳明十分重视慎独，并在这方面下过大功夫。阳明心学的建立，在某种程度上来说，也就是诚意慎独的结果。他说过，"人若不知在此独知之地用力，只在人所共知处用功，便是作伪。"

什么是"慎独"呢？或者说什么是"谨独"呢？慎就是小心谨慎，随时戒备。独就是独处、独自行事。意思是说，做人的道德原则，一时一刻也不能离开。慎独作为修身的方法，就是强调在没有外在监督的情况下，坚持自己的道德理念，自觉地按照道德要求去做，不会由于无人监督而肆意忘形。

王阳明认为，慎独的实质就是自我管理，他还为此设定了一套操作规程。人都想管别人，其实管自己才是最重要的。管自己，往往都在管身、管口上努力，其实管心才是最重要的。你管不住别人，不是别人难管，而是因为自己的能量不够强大。我认为，慎独的实质是慎心，就算你与别人在一起，你的心也在独自思考、独自行动，所以说，也应该慎独。有一句话叫做"群居，防口；独处，防心"。我认为，不仅独处要防心，群居也要防心，这个功夫一定要下。

近年以来，我在这方面也下过一些功夫，尽管做得不够好，也时有反复，但总体上还是不断在进步的，也尝到了甜头，这些体会，希望与大家共享。

阳明心学与感应

大家都知道"心外无物，物外无心"是阳明心学的重要观点。那么王阳明是唯心论者吗？非也。王阳明既不是传统意义上的唯物论，也非传统意义上的唯心论。他是主张"知行合一、心物一元"的，那么要问，王阳明既不偏在心，也不偏在物，他是如何在心与物之间架起一座桥梁的呢？实际上，他是在心物之间特别点出一个"感应"来，这是他超过朱熹、陆九渊的地方。

下面，大家请看王阳明与朋友的一段对话。一位朋友指着岩中花树说："你说天下没有心外之物，比如说此花树在深山中自开自落，与我的心有什么关系呢？"王阳明说："你未看此花时，此花与你的心同归于寂灭。你看此花时，则此花的颜色一时明白起来，便知此花不在你的心外。"此对话的宗旨，是在心与物的感应上，他是在用良知的感应融通心物，说明天地万物与我一体。

人这一生，在不同的阶段都在寻找一些东西，比如找学校、找老师、找配偶、找朋友、找工作等。这些，说到底都是在找自己感应到的东西。愚昧的人在向外寻找，有些人甚至用不正当的手段来获取，须知这是在舍本逐末。外在的东西是受内在的东西，即自己的气场、心态、品行、学识支配的。觉悟的人应该回头，在自己身上下功夫。你要想得到世界上最好的东西，先要让世界看到最好的自己；要想让世界看到最好的自己，先要让别人感应到你最好的心。朱熹说："凡在天地间，无非感应之理，造化与人事皆是。"就是说天地间无论是自然还是社会，没有不是感应之理的。感也好，繁体字的应（應）也好，都有一个心字，感应，是心在起着基础性的、决定性的作用。换句话说，是心与心，真心与真心的感应。

王阳明的万物一体观

王阳明认为，大人能够把天地万物当做一个整体，并不是他们刻意地去那么做，而是他们心目中的仁德本来就是这样的。这种仁德或曰良知、良心，跟天地万物本来就是一个整体。王阳明说："圣人之心，与天地万物融为一体。"他看全天下之人，并无内外远近之别，只要有血性的都是他的兄弟儿女。圣人想让他们有安全感，并去教育他们，以实现他的万物一体的心愿。

为了说明这个问题，王阳明举了一个形象的例子。他说，当人看到一个小孩要掉到井里的时候，必会自然而然地生出害怕和同情心，这就说明他的仁德跟孩子是一体的。那么孩子呢，还属于自己的同类，而当他看到飞禽走兽发出哀鸣或因恐惧而颤抖的时候，也会产生不忍心听闻或者观看的心情，这就说明他的仁德跟飞禽走兽是一体的。那么飞禽走兽毕竟还是有灵性的动物，而当他看到花草树木被践踏和折断的时候，也会产生怜悯、体恤的心情，这又说明他的仁德跟花草树木也是一体的。那么花草树木毕竟是有生机的植物，而当他看到砖瓦石板被摔坏或者砸碎的时候，也会产生出惋惜的心情。这又说明他的仁德与砖瓦石板也是一体的。这就是万物一体的那种性德。王阳明讲仁德一体，实质上还是良心、良知、真心、本性，还是心心相印、心物感应。

以上这些道理，实质上是孟子"老吾老以及人之老，幼吾幼以及人之幼"情怀的延伸和拓展。他由对人的一体同仁，拓展到了动物、植物和天地万物，这就是胸怀。真的学问就是心的学问，真正的老师就是教给你如何把心灵打开的老师，如何把心胸拓开的老师。我们应该好好向王阳明老师学习，好好学点心学，真正把我们的心灵打开，把我们的心胸拓开。

王阳明与静坐

王阳明在静坐修身养性上下过很大的功夫，他说过"穷极仙经秘旨，静坐为长生久视之道，久能预知"。是说，我读了许多神仙宝典，获得了其中的奥秘旨意，懂得了静坐为长生久视的方法，长久做下去还可以有预测的功能。他还说过，静坐能使心清静收敛，从而向人欲发动攻势，克服自我私欲产生，通过静坐能顿悟明心见性，得道成真。王阳明在静坐中创建了"知行合一"的学说，坚持修炼静坐会得到健康的身体、顽强的意志，还可以开发智慧、做一个明白人。

静坐是东方独特的一种修身养性的方法，且不说出家师父，就是一些社会贤达、历史名人，许多也都有静坐的功夫。比如说文学大师郭沫若，他静坐的功夫就是很强的，其静坐养生之道也是从王阳明的著作中得到启迪的。郭沫若年幼的时候患过一场重病，身体一直比较弱，然而他能享有87岁的高寿，一个重要原因在于他数十年如一日地坚持静坐健身法。他曾意味深长地说："静坐于修养上是真有功效，我很赞成朋友们静坐。"

静坐不是出家修行人的专利，大多数人静坐的目的也并非是为了成仙成圣。静坐理应回归平民百姓中，理应融于日常生活中。再说，广义的静坐也并非仅指盘腿端坐，他指的是一种宁静禅意的生活态度，是完全可以落实在起心动念、言行举止、行住坐卧当中的，即"行亦禅，坐亦禅，语默动静体安然"的这么一种状态。我本人坚持静坐已经有六七年的时间，已经突破了双盘关，感到大有受益，不仅使身体的一些不适得到了改善，而且身体整体素质日益提升，心情越来越愉悦，生活越来越顺达。当然，大家刚开始学习静坐时，最好还是应该有过来人进行指导。

令我汗颜的一段古训

《论语·子张》中有这样一段话："执德不弘，信道不笃，焉能为有？焉能为亡？"是说你执有道德，却不能把他发扬光大，信仰道义的心不坚定，这种人无足轻重，怎么能算有道德呢？有他没他不是一样的吗？这段话我读过很多次，但却没往心里去。在最近读时却令我感到汗颜，好像是在说我一样。照《论语》上的教诲，我不成了"有我也不多，没我也不少"的人了吗？照《论语》上的教诲，如我这样的人，似也不在少数。这是多么令人尴尬的状况啊！

在《论语》上，孔子还有一段话是这么说的："德之不修，学之不讲，闻义不能徙，不善不能改，是吾忧也。"是说品德不培养，学问不研究，听到正义的道理却不能马上施行，身上的缺点也不能改正，这些都是我所忧虑的。到底是圣人，其忧也与凡夫不同，真可谓是忧道不忧贫。孔子在为我们这些人忧，为我们社会的这些缺点和问题忧，真的应该引起我们的警醒。

想到此，我们应该进一步的下定决心：第一，坚定地执持道德，并持之以恒地弘道。第二，坚定地信仰道义，并终生践行。第三，优秀传统文化经典的学习，要与我们的工作、思想、生活乃至生命结合起来，觉悟人生、奉献人生、不断进取！

第三辑

读『释』篇

从"四依法"想到的

佛教有"四依法"。第一是，依法不依人；第二是，依经不依论；第三是，依了义不依不了义；第四是，依智不依识。

吾由此想到：第一，依法不依人。法即真理、即实义、即规律，即人对真理、实义、规律的认识。人的认识随时可变，而"法"则是相对恒常的，"吾爱吾师，吾更爱真理"。第二，依经不依论。经即经典、原著，论即别人对经的理解、解释、阐发。可道非常道，要读原著。第三，依了义不依不了义。了义即佛陀对万法的普遍真理的圆满阐释，属普遍、一般原理，不了义即相对于不同时间、地点、对象的随机解说。了义和不了义是共性及个性的关系，是普遍规律和个别论断的关系。学理论应学立场、观点、方法，而非个别结论，一切以时间、地点、条件而转移。第四，依智不依识。智即智慧，即客观、公正、理性地看问题，识即主观、片面地看问题。故应超然物我，以智慧洞见，以般若观照，方能了然物事，明彻因果。

佛教三皈依与大学之道三纲领

自皈依佛，当愿众生，体解大道，发无上心。

大学之道，在明明德。

自皈依法，当愿众生，深入经藏，智慧如海。

大学之道，在止于至善。

自皈依僧，当愿众生，统理大众，一切无碍。

大学之道，在亲民。

三皈依与三纲领存有内涵上的对应关系，可见释、儒学说在源头上是有相通性的。

精 神 无 价

《金刚经·无为福胜分第十一》佛曰："须菩提，我今实言告汝，若有善男子、善女人，以七宝满尔所恒河沙数三千大千世界，以用布施，得福多不？"须菩提言："甚多，世尊。"佛告须菩提："若善男子、善女人，于此经中，乃至受持四句偈等，为他人说，而此福德，胜前福德。"佛陀在其他处所也一再宣说诸布施中，法施为最。何也？世界观、人生观的确立是人生安定的精神动力，其作用绝非物质标准能比拟。有形的物质再多也是有价的，而无形的精神再少，也是无价的。人生的安定，在于树立信仰、建立信心，在于增长智慧，树立理想。授人以鱼，不如授人以渔；授人以渔，不如授人以志、授人以智。

无法可说和可道非道

《金刚经》云："如来所说法，皆不可取，不可说。非法非非法。所以者何？一切贤圣，皆以无为法而有差别。""如来者，即诸法如义。""须菩提，说法者，无法可说，是名说法。"以上言说，与老子《道德经》开篇话"道可道，非常道，名可名，非常名"有异曲同工之妙。可说，非佛法，可取，非佛理；可道，非常道，可名，非常名。何者？第一，道，或言法，无实无虚，客观存在，不是任何人创造、发明的，即"诸法如义"。第二，所道之道，或所说之法者已不是原"道"、原"法"，故不可道，不可说。第三，不可取法，不可取非法。故世人欲得道、得法，须自我解悟，自我修证，自性自度，莫赖外力。

无 四 相

佛陀在《金刚经》上讲："无我相，无人相，无众生相，无寿者相。"

无我相，便与他人融为一体；

无人相，便与众生融为一体；

无众生相，便与宇宙融为一体；

无寿者相，便与大道融为一体。

《心经》三无

一部《般若波罗蜜多心经》260个字，其中"空"字和"不"字各出现了7次，"无"字则出现了20次。统观全经阐述的道理可用"三无"概之：一无所有；一无所知；一无所得。因其一无所有故能无所不有；因其一无所知故能无所不知；因其一无所得故能无所不得。

空相即一，即实相，即一切，一切即一。若老子语然：无为而无不为。

别　贪

《佛说八大人觉经》上讲"多欲为苦，生死疲劳，从贪欲起。少欲无为，身心自在"。我理解，此非但不是消极的，且是至理名言。佛教讲贪、嗔、痴为三恼恶。三恼也是恶！而嗔、痴、都是因贪而生的。贪是一个广义的概念，固然贪名、贪利、贪权、贪位是贪，但谁又能说贪食、贪睡、贪说不为贪呢？再说了，谁又能说贪知识、贪文化不是贪呢？贪者不适之求也、过求也，贪得无厌也。贪不到者即烦恼，贪多了又嚼不烂，嚼不烂就消化不了，就闹肚子，不但吸收不了食物、知识的营养，还会把固有的老本也给搭上。

请记住，别贪，适可而止，一切皆然。吃七八分饱，说七八分话，劳七八分神，享七八分福。

忌

何者为忌？忌者非他，己心为忌。

下面将佛经中几处阐述"己心为忌"的经文抄录如下：

《八大人觉经》中说："心是恶源，形为罪薮。"

《佛垂般涅槃略说教诫经》中说："此五根者，心为其主，是故汝等，当好制心。心之可畏，甚于毒蛇、恶兽、怨贼，大火越逸，未足喻也。""当急挫之，无令放逸。纵此心者，丧人善事。制之一处，无事不办！是故比丘，当勤精进，折伏汝心。""谄曲之心与道相违，是故宜应质直其心。"

《四十二章经》中说："佛言：'人有患淫不止，欲自断其阴。'佛谓之曰：'若断其阴不如断心。心为功曹，功曹若止，从者都息。邪心不止，断阴何益？'"佛告沙门："学道犹然，执心调适，道可得矣。"

佛陀的教诲

《四十二章经》中载："恶人害贤者，犹仰天而唾，唾不至天，还从己堕；逆风扬尘，尘不至彼，还坌己身。贤不可毁，祸必灭己。"这段话的意思是说，不要毁谤贤人，不要毁谤他人。毁谤他人犹如对天而唾，对天来说没有任何伤害，你所唾的掉下来，还要掉在自己的脸上。又如逆着风用尘土去污染他人，对他人来说没有伤害，风吹回来灰尘全要落在自己的身上。

还有一段是这么说的："睹人施道，助之欢喜，其福甚大。沙门问曰：此福尽乎？佛言：譬如一炬之火，数千百人各以炬来分取火去，熟食除冥，此炬如故，福亦如之。"这段话的意思是说，如果你看到别人在行道为善，你赞叹欢喜便能得很大的福报。这时，有出家人问佛，这个福报有穷尽吗？佛说，给你举例说吧。比如有一把火炬，就是有千百人用炬来取火，此火也不会减少，而会越来越大；而取火者呢，都可以用得到的火做饭照明。

以上两段话讲的道理是：劝人莫毁人，毁人就是毁己；劝人要成人，成人就是成己。因为自他是一体的，是不二的。好多人不明白这个道理，认为只有贬低了别人才能抬高自己，须知这是自毁前程、害人害己。还有人认为，我也没钱没权，没办法成人啊。须知有钱有权固然可以助人，就是没钱没权也未必不可成人、助人。佛说，诚挚地对他人的善行表示赞叹随喜，你的功德也可以和他一样的大。但遗憾的是，能明白这个道理的人、能做到这一点的人确实不多。

默而摈之

佛陀临涅槃时，阿难尊者有四个问题请示，其中第三个问题是：佛住世时，恶性比丘扰乱，佛自调伏，佛灭度后，以何调伏？佛言：默而摈之。

是的，见怪不怪，其怪自败。沉默有时是最好的回答，是最有力的回击，是最有效的教育。举几个不甚恰当的例子：小孩跌倒了，越有人拉、哄，他越哭，看没人搭理，起来了；有人在打架，别人越拉他打得越带劲，不管他，他不打了；有人抓你的脚板，你越怕痒，他越上劲抓，你不怕痒，他不抓了；某部位稍有不适，不太当事，它自愈了，你太注意，没准会弄出点大事来……

昧

何为昧？未有日时为昧。此日何日？亦日亦非日。更多的是指心中之慧日。心中有慧日，虽处暗室、黑夜亦不昧；心中无慧日，虽烈日当空、处白昼亦为昧。

此将佛陀的教诲摘录如下，以期对此加以说明。

佛陀在《金刚经》中云："若菩萨心住于法而行布施，如人入暗，则无所见。若菩萨心不住法而行布施，如人有目，日光明照，见种种色。"

佛陀在《四十二章经》中云："夫为道者，譬如持炬火入冥室中，其冥即灭，而明犹在。学道见谛，愚痴都灭，得无不见。""若人有智慧之照，虽无天眼，而是明见人也。"

第二支箭的问题

佛陀说，我们不要受第二支箭的苦。何意？举例说吧，有人伤害了我们，这是不可避免的，这是第一支箭。问题是我们受到伤害后，如果不能正确分析对待，而是嗔恨、愤怒、气急败坏，这种情绪对我们的熏逼，实不亚于第一支箭的损害。更有甚者，还有两支箭都是自己发向自己的呢！比如，我们自己丢了钱财，损坏了贵重的物品，自己做了错事，这都可算射向自己的第一支箭，那么因之而产生的悔恨、恼怒，就是第二支箭。第二支箭对人的伤害往往比第一支箭来得更厉害。其实仔细一想，这都是太执著的缘故，因为太执著，即太拿"第一支箭"当回事，所以就来了第二支箭。如果不把第一支箭当箭的话，也就不会有第二支箭了。这样的事情其实是很多、很普遍的。比如失眠，其实对失眠的害怕比失眠本身更可怕，更别说失眠其实也在很大程度上是由怕失眠造成的。还有对疾病和手术的害怕，它所带来的苦比疾病、手术本身的苦要大得多，此不可枚举。

《金刚经》讲"应无所住，而生其心"，即一切都应无所住。佛陀讲"如来所说法，皆不可取，不可说，非法非非法"。一切无住，哪有定法呢？关于这个问题，南怀瑾先生有首偈子，讲得很精辟："巢空鸟迹水波纹，偶尔成章似锦云。得失往来都不是，有无俱遣息纷纷。"人有这种境界其实是很有好处的。

说到这里，想起了佛教里的两个故事。第一个是，有个济公式的放荡不羁的高僧，为了使他的弟子不著相，即也不著佛相，他遂把裤裆里写满佛菩萨名号的裤子穿在身上。弟子也学他的样子，但这位高僧百事没有，而其弟子的下身却长疮的长疮、溃烂的溃烂了。第二个故事说的是丹霞烧木佛的故事。丹霞禅师是马祖道一的大弟子，他在冬天冷起来没有柴烧时，就把大殿上的木刻佛像搬下来劈了烧火。院主出来看到了，吓得说：烧了佛像，这个罪过太大了！有因果啊！奇怪的是，这时院主的胡子、眉毛都掉了下来，脱了一层皮，而烧佛像的丹霞一点事都没有！这是有名的"丹霞烧木佛，院主落须眉"的公案。两个故事，一个道理，何？别住！别著相！否则，不仅有箭会受伤，无箭也会受伤！

遗憾的和更遗憾的

六祖惠能大师悟道后说："何期自性本自清净；何期自性本不生灭；何期自性本自具足；何期自性本无动摇；何期自性能生万

法。"这个清净自性就是佛教中常说的"一心"。"一心"在佛教有"真如、法性、如来藏、本来面目"等许多名字。一心统摄万法，万法还归一心。一心本来清净，不生不灭，不增不减，不垢不净。但他起用则有染净之不同，从而形成三途、六道、十法界等。即他简直就是个大仓库，天地万物、佛、菩萨、神仙、圣、贤、凡夫的种子无不具足，真假、善恶、祸福、贤不肖应有尽有，全看诸君如何"用"其心了！修行的真义即"善用其心"而已。如若你不从这个仓库中取出些宝贝来是很遗憾的一件事情，而比这更遗憾的事情是你从中取出了一些垃圾！

关 于 欲

佛陀言："使人愚弊者，爱与欲也。多欲为苦，生死疲劳，从贪欲起。少欲无为，身心自在。"宋儒主张："存天理，灭人欲。"人欲要完全灭掉，不大可能，但太多了肯定不行。过欲置人于死地，多欲令人痛苦，少欲令人自在，无欲那是神仙，化欲那是功夫，唯求善法化欲那是菩萨。

拿得起，放得下

《印光大师文钞·夏周群铮居士书三》中言："若大力量人，方能彻底放下彻底提起。"我理解此语绝不仅仅是或曰主要的不是指身体的力量而言，而是指精神的力量和智慧的力量。且身体的大力量固然不易，而精神力、智慧力更难。君不见真遇大事、难事、烦恼事能断惑证真、举重若轻、了然无碍的能有几人？修养者，修智慧力也，修能拿得起放得下的大智慧力也！

作我已死想

近读《印光大师文钞》，甚受震撼启迪。其中一文曰："嗔心，乃宿世之习性，今作我已死想，任彼刀割香涂，于我无干。所有不顺心之境作已死想，则便无可起嗔矣。"此真乃"治本之策"矣！无怪乎许多经大劫难的人能大彻大悟者也，分明是其"死"过一次的缘故了。若作此想，不仅能治嗔，何事不能治呢？比如面对不该看的——就作眼已瞎想；面对不该说的——就作我已哑想；面对不该拿的——就作我手已烂想；面对不该淫的——就当我已阉想……如此，估计还是有作用的。佛家讲的"观身不净，观受是苦"等也属此意。写到此，我想起老子《道德经》有言："宠辱若惊，贵大患若身"，"何谓贵大患若身？吾所以有大患者，为吾有身，及吾无身，吾有何患？"思及此，我心头一悟：真乃"智者所见略同"也！

事理·理事

近读《印光大师文钞·复范古农居士书一》，有以下一段话："又今人多尚空谈，不务实践。劝修净业，当理事并进，而尤须以事为修持之方。何也？以明理之人，全事即理。终日事持，即终日理持……既废于事，理亦只成空谈矣。愿阁下以圆人全事即理，为一切人劝，则利益大矣。"

此处讲的事、理者，似契合现言"知、行""理论与实践"之概念。知、理论重要，行、实践亦重要。贵在知行合一，贵在理论与实践相结合。但就一般人而言，行、实践，或"事"更重要于知、理论和理。知道了道理，就应该认真做事，倘能认真做事，本身就契合道理。否则只喊口号，空话连篇，即使说得天花乱坠，既不能把事做好，也非真正懂理。子复曰："事父母能竭其力，事君能致其身，与朋友交，言而有信，虽曰未学，吾必谓之学矣。"说的也是这个道理。

股份制企业都有董事会，董事要懂事、要管事、要做事，而不能只懂理、只讲大道理。许多协会里有理事。理事者，要办理事情，要管事、做事。当然，理事要以理行事。

要　缓

弘一法师言："涵养，全得一缓字，凡言语动作皆是。应事接物，常觉得心中有从容闲暇时，饶见涵养。"是的，急事宜缓办，急语宜缓言。缓和，缓了才能和；和缓，和了才能缓。

弘一大师希望失败

弘一大师说："我只希望我的事情失败，因为事情失败，不完满，这才使我常常发大惭愧！才可努力用功，努力改过迁善。"此语可谓见解独到，振聋发聩。世人都希望事事成功，尤希望能轻而易举获得成功，但须知这绝不是常态，这样的成功是靠不住的，往往隐藏着大失败。而只有付出了大的努力，但结果仍然不完满，或言事情仍失败的情况下，才会更加惕励，更加精进。这样想、这样做的结果不但会使成功不期而至，还会使自身能力、自身修养与日俱增。大哉，弘一！奇哉，此言！

超三界出轮回

佛言，三大阿僧祇劫不异刹那，芥子可以纳须弥，大小久暂之分，纯属众生妄计，并无实体。此语实难思议，因为佛经本来就是不可思议的。但我们可从当代科学发展的新成果来"思议"一下。爱因斯坦相对论亦认为，在超光速的情况下，时间可以倒流。在那种情况下，人可脱离时间局限，回归过去，深入未来。问，何可超光速？唯有念速。故静至极处，虚寂无为之际，其念速即刻达一切处，此时不就是摆脱时空之限境了吗？又联想到梦中呢？不也是一种意念吗？不是也可以瞬间六道轮回，一念超出三界吗？

佛陀十大弟子都是第一

释迦牟尼佛有十大弟子，且这十大弟子竟然都是"第一"。舍利弗尊者是智慧第一；目犍连尊者是神通第一；阿那律尊者是天眼第一；阿难陀尊者是多闻第一；罗睺罗尊者是密行第一；摩诃迦叶尊者是头陀第一；迦旃延尊者是议论第一；富楼那尊者是说法第一；优婆离尊者是持律第一；须菩提尊者是解空第一。

此事令人深思，令人感叹！世上无无长处之人，亦无无短处之人；任何人不可能是全能第一，但人人都有可能是某个方面的第一。要善于发展自己的"第一"，还要善于发现别人的"第一"。这是佛陀给我们的启示。尽管佛陀的弟子确乎为出类拔萃者，但其他人也应都是各有其所长的。

持戒因缘果法

善恶同体、同源、同心。心思恶、身行恶即恶人，心思善、身行善即圣贤。修，即修心、修身、明心见性。见性须修三学六度。三学者，戒、定、慧是也；六度者，布施、持戒、忍辱、精进、静虑、般若是也。般若者，大智慧是也，断惑证真是也。智能断惑，慧能证真。般若为诸佛之母。欲达般若境，须修定，欲修定，先须戒。故三学者以戒得定，以定得慧是也；六度者，以包括持戒在内的五者以求般若大智慧也。可见持戒之重要。譬喻之，慧如灯光，定如灯体，而戒即灯罩，无灯罩则灯体不定，则灯光易灭。概言之，不持戒，则不能学得佛陀的言教和身教，不能证得菩提。

广泛地说，戒是铠甲、是金刚身、是登梯，戒是自己的朋友、自己的老师、自己的保护神。我们想达到什么目的，就得持什么戒，不持这样的戒，就达不到这样的目的。我们的愿心是因，持的戒是缘，愿的实现是果。这就是持戒的因缘果法。

关键是防意如城

佛理认为，能修五戒之因（即不杀生、不偷盗、不邪淫、不妄语、不饮酒），即得人乘果，即来生不失人身。况且不说有无来生，起码这辈子做人算是合格了。否则不做"人事"，"此生"亦难算真正的人。佛陀在《优婆塞戒经》中讲"若优婆塞虽得人身，行于非法，不名为人"，说的就是这个道理。

佛理认为，能修身、口、意十善业（即身三：不杀、不盗、不邪淫；口四：不妄语、不恶口、不两舌、不绮语；意三：不贪、不嗔、不痴）即可得天乘果。况且不说有无天神、天人，若果能做到十善业，此生不亦是天神、天仙一般人物了吗？如此观之，此说也是有道理的。

在身口意三善业中，身三善业可概括为"约身如绳"；口四善业可概括为"守口如瓶"；意三善业可概括为"防意如城"。人的一切善恶业均由此三方面为之。佛言之六根——眼、耳、鼻、舌、身、意，眼、耳、鼻是很难造"业"的。而造业的就是"舌（口）、身、意"了。而此三者的作用是不等同的。即口、身都是从属的地位，是受动的，是归"意"这个"总司令"指挥的。手打人、口骂人，不是手、口的责任，是心、意的责任。修五戒也好，修十善也好，关键是修心、修意，关键是防意如城。《佛说八大人觉经》云："心为恶源，形为罪薮。"形为罪薮的根源是"心"，而心不仅是恶源，也是善源。可见"修心""明心"的重要性。古大德云："三星当空照，一钩似月斜，圣贤从此出，披毛也由它。"即说明了"心"的重要。

观音信仰的启迪

观音信仰源远流长，蔚为大观，历久弥盛，思之颇多启迪。何也？观音菩萨大慈大悲，法力无边，千手千眼，随处应化，广大灵感，救苦救难，弘扬佛法，普度众生，是真善美慧的化身。人们向往观音，呼唤观音，是对真善美慧的向往，是对慈悲喜舍的呼唤。以此思之，若党员干部借鉴观音的做法，人人弘扬党的主张，全心全意为人民服务，若此，何止千手千眼，"法力"岂有边畔？若此，形象岂能不高大？

学 菩 萨

学学菩萨是很有好处的。所谓好处不是指功利目的之好处，拜菩萨不见得是求菩萨护持或赐福，主要是学菩萨的精神，得修养心灵之实益。学菩萨固然要学菩萨的大慈大悲、救苦救难、普度众生的精神，也要学菩萨的定力。抽点时间在菩萨的像前注目，感受一下菩萨那不骄不躁、不愠不怒、雍容大度、宠辱不惊、慈眉善目的风采，该受到多么大的心灵震撼和启迪呀！

大乘、小乘及其他

佛家讲，小乘只求自度，大乘不仅自度而且度人。在某种意义上讲，真正的自度也就是在度人。何也？首先，自度者本身也是人嘛！其次，一个人洁身自好，恒久修行，自会对别人、对社会产生积极影响，这何尝不是在度人呢？再说，有些不"度人"的人，也并非全然不想去度，而可能有许多客观制约因素。儒家讲，"达则兼济天下，穷则独善其身"，可见"独善其身"确有其"穷"的原因，并不一定是他不想"兼济天下"。即便如此，谁又能否认，"独善其身"在穷困的时候不仅是一种很好的选择，而且也为社会进步做了贡献，更重要的是，他还为"达时"的"兼济天下"打了基础，积蓄了力量。当然，大乘、小乘，关键在发心，一开始就发大乘心固然好，但就是发了大乘心也须从"自度"开始，小乘尚未修好就自称大乘，这个大乘也是会打折扣的。再说，就算发的是小乘心，但真修好了小乘，待到他"回小向大"时，那修大乘不就可能是顺风扬帆、一路奋进了吗？

常人讲，自利利人；

儒家讲，自达达人；

耶教讲，自爱爱人；

佛家讲，自度度人。

看来，无论何宗何派，起始都是"自"，结果是"人"。其实，自他不二，度人包括自度，而真正的自度也必须在度人中才能实现，才能圆满。

佛教基本教义与三界

诸恶莫作，出欲界；

众善奉行，出色界；

自净其意，出无色界；

是诸佛教，学佛成佛。

修心和修形

心情决定表情，心神决定眼神，素质决定气质，要想仪容美先要心灵美。这里说的"美"，主要是指气质、修养而言，而非指先天的黑白、俊丑、高矮等。最近读佛书时看到的有关内容证明了我这个观点的正确性。

按佛教的观点，众生皆有佛性，皆可成佛。修菩萨道须修六度。寺庙中供奉的大菩萨，都是修行已经或已近圆满者，他们的仪容法相因六度而焕发光彩。如修布施度可得大慈心，能生慈眉善目相；修持戒度可得清凉心，能生威仪相；修忍辱度，可得大悲心，能生祥和自在相；修精进度，可得勇猛心，能生威德相；修禅定度，可收摄散乱心，得寂静心，现如如不动之定相；修妙慧度，可得智慧真心，能生睿智圣人相等。菩萨如此，但见众阿罗汉的形象则大不相同，这些梵僧或中土僧人形，他们的表情、形象、姿态各异，这是为什么呢？原来阿罗汉虽然证入涅槃，断尽了现行烦恼，但没有断尽"宿习"，故现出不同形态，即修行尚未圆满之故。

由此可见，要修形者先要修心、修德；要美容、美形者必先要有美心、美德。

从佛学、儒学想到干部修养

什么是佛、菩萨？谓觉者。印光大师言："知觉者即是佛菩萨，未觉者即是凡夫。"何谓大乘、小乘？乘者，工具也，度达彼岸之器具也。小乘者，自觉、自度者；大乘者，不仅自觉而且觉人，不仅自度而且度人者。例之：小乘者骑自行车者也；大乘者开汽车、火车、轮船者也。孰为优劣，恐难竟言。小乘大乘者固有发愿、修法之不同，亦是修学次第之需也。小乘亦属大乘之基础、之初阶。由佛学而儒学，可否推之儒学之论"达则兼济天下，穷则独善其身"，独善其身者，小乘也，兼济天下者，大乘也。由儒学而干部修养，倡"从我做起，从现在做起"，不也涵小乘之理吗？"只有解放全人类，才能最后解放自己"，不也涵大乘之义吗？

若世界之人，人人能小乘，不就大乘了吗？若人人能独善其身，不就达治天下了吗？若干部能人人从我做起，则政风不就清正了吗？

三世因果我观

佛陀说法，讲缘起性空。其理曰，众生在六道中轮回辗转，百千亿劫无有尽头，概言三世因果十二缘起。此理义甚玄奥，非我等凡夫所能解悟。但我对因果律却深信不疑。若此，把"三世"理解成：第一，爷爷、父亲、儿子——三世；第二，过去、现在、未来——三世，亦未尝不可。"积善之家必有余庆，积不善之家必有余殃""父债子还，父产子继"可为第一"三世"的因果注解；"种瓜得瓜，种豆得豆"，可为第二"三世"因果注解。

菩萨畏因，凡夫畏果。菩萨深解因果，知因必果，故以善因修善果。凡夫不解因果，以侥幸求善果，故善果难得。故：欲知过去因，现在受者是；欲知未来果，现在做者是。这就是我的"三世"因果观。

修善须从口做起

善不善当然主要在心，但为何善字却从口呢？吾以为，心如何，别人是不易洞见的，而心的善否却主要体现在"口"上，当然还体现在"身"上。故佛家所言的"十善""十恶"，讲的就是"身、口、意"三业在十个方面的体现。"十恶"是杀生、偷盗、邪淫、妄语、两舌、恶口、绮语、贪、嗔、痴。做如上十者为"十恶"，不做如上者即为"十善"。十个方面归纳起来是身三、口四、意三。可见"口"占的比例最大，再加上"嗔、痴"也有"口"字，可见从口上体现的善恶就占绝大多数了。此不可不警觉。请千万管住你的口啊!

用心而不执心

凡事要用心去做,而非仅仅是用力甚或仅仅用"智"去做。用力、用智做事未必有道德情感在其中。人应该存好心,好心决定好意,决定好的态度和方法。身、口、意三者中,决定性的是"意"。佛教讲"业力轮回",业力,即指"身三、口四、意三"十业之力,其中"意业"是起决定性作用的业。存好心即可造善业;存恶心即可造恶业。心不可执,不可执有亦不可执空,应从容中道,中道亦不可执。《金刚经》云:"过去心不可得,现在心不可得,未来心不可得。"惠能言:"能除执心,通达无碍。"老子曰:"圣人无常心,唯百姓之心是心。"同理。

唯识论当有此意

某君曰:把所有的美国人放到中国,把所有的中国人放到美国,过三十年,中国成了美国,美国成了中国。

歌曰:"没有共产党,就没有新中国。"

佛教曰:"若人欲了知,三世一切佛,应观法界性,一切唯心造""依正不二,自他不二,生佛不二"。

自己的意识变现了自己的世界,大家的意识变现了大家的世界,国人的意识变现了国人的世界。

"唯识宗"之论当有此意?

我希望是真的

　　佛教认为，人的生命是不生不灭的，是轮回的，是因果相续的。"万般将不去，只有业随身。"对此说认可与否自是见仁见智，但我希望这是真的。这并非是因为我做的"业"多好，想来生沾光。我是想，若此说成立且广为人知，对行善之人不是个安慰和鼓励吗？对行恶之人不是个约束和棒喝吗？若此，人们的自律意识肯定会普遍增强；若此，社会风气、社会环境肯定会净化许多。

识　与　智

　　学重要，识更重要，学上升到识，即"学识"；
　　见重要，识更重要，见上升到识，即"见识"；
　　意重要，识更重要，意上升到识，即"意识"；
　　知重要，识更重要，知上升到识，即"知识"；
　　胆重要，识更重要，胆上升到识，即"胆识"。
　　十界一真，世出世法，唯心所现，唯识所变。这是唯识宗的观点。
　　上升到识的层次固然重要，但并不究竟，须转识成智：转前五识为成所作智、转第六识为妙观察智、转第七识为平等性智、转第八识为大圆镜智方为究竟。此乃佛的境界。

质疑一副对联

佛教寺庙弥勒佛两旁书写的对联为："大肚能容，容天下难容之事；慈颜常笑，笑世上可笑之人"。一日我忽然感到，此联绝不是佛的境界，而是凡人对佛境界的一种测度，本意想褒扬佛的修为，实则小瞧了弥勒佛的度量。何以见得？佛乃妙智圆满之人，在佛的眼中万事万物是不生不灭、不断不常、不一不异、不来不去的，他安住在绝对清凉无热恼，绝对安定无破坏，绝对平等无差别，绝对自由无系缚的境界，岂有什么"可笑之人""难容之事"？更岂有什么"笑"话"可笑之人"的心态？惠能曰："诸三乘人不能测佛智者，患在度量也"，是然。当然，若从佛、菩萨度化众生的方便法门角度来理解此联，自有他的意义和作用，此另当别论。

身不由己心由己

人们常说"身不由己""人犯王法身无主"，但从没说过"心不由己"。确实如此，身往往是不由己或不自主的。比如你想去的地方不一定能去，想做的事情不一定能做等。"人犯王法身无主"，但心可以有主，因为你想什么、怎么想，是气急败坏还是安之若素，是自己可以左右的。可见人最大的潜力、最大的自由，人与人最根本的区别在"心"上而不是在"身"上。身心是一体的、是互相影响的，而"身"最终是由"心"决定的。佛教唯识宗就认为"三界唯心，万法唯识"。

心教、心传

常言："言教不如身教。"吾言："身教不如心教。"

韩愈言："师者，传道授业解惑也。"传道如何传？要言传、要身传，但说到底是心传。心传为真传。

释迦在灵山法会拈花不发一言，迦叶破颜微笑。世尊言："吾有正法眼藏，涅槃妙心，实相无相，微妙法门，不立文字，教外别传，付嘱摩诃迦叶。"这便是禅宗的来历。禅宗是以心传心的典范。望口为教，望心名禅。其实，就是言教、身教，言传、身传，又如何能够离开心教、心传呢？

"因果"偶得

儒言天命，道言自然，佛言因果，西言天演。此乃万有因果律。菩萨畏因，凡夫畏果；智者修因，愚者求果。善因善果，恶因恶果；以果追因，种因得果。舍因求果者，心邪且不说，亦可谓缘木求鱼、舍本逐末，实不可得也。

无　漏

无漏，是佛学的一个重要概念，指谓智慧圆满，无漏无失。佛六种神通，最高的神通是漏尽通。此意应用到世间法人生修养上亦是很有意义的。人应加强修养，善养正气，不使气泄漏，长此下去，必然养得"浩然"起来。屋漏了，屋里环境会肮脏不堪，房子也会很快朽烂坍塌；皮球、车船漏气，会使其失去作用，轻者不能游戏行走，重者导致车毁人亡；机器漏油，则会浪费钱财，影响运转；同理，人若漏气，后果亦然。

梦中佛事

佛学认为，人内有六根：眼、耳、鼻、舌、身、意。外部环境有六尘：色、声、香、味、触、法。六根接六尘遂生六识。前五根各司其职，互不相干，意根可统五根，综合协调。修行到一定程度，六根可互用。观世音即然，她是用眼来观音的。其实世间有的人也是有某些方面特异功能的。看来人的潜能是无限的。不信，人在梦中，眼虽闭却能观世间万物，口虽闭却能尝千滋百味。可见控制梦，也可修行。可谓"大做梦中佛事"乎？

修行与烦恼

修行的目的是什么？最终是为了成贤成圣、成佛做祖。人的境界是有不同层次的，从凡夫到佛境界的不同，在某种程度上是由烦恼程度的不同来划分的。凡夫烦恼重重，而佛陀已达毫无烦恼的无漏境界。断烦恼谈何容易？断既不易，就应首先在伏烦恼上下功夫，伏烦恼也不易，但起码应在不断减轻烦恼上下功夫。多生累劫形成的习气，有烦恼是正常的，有烦恼不必烦恼，以烦恼对烦恼只会带来更大的烦恼。烦恼亦是众生，众生来了，无喜无嗔，无我无人，随机度化即可。如嗔恶它，它只会加剧，会"才下眉头，却上心头"。烦恼来去亦有规律，如刀伤，来时突然、迅猛，但恢复却需要一个过程。

善 护 念

佛学将"众生"分为两类，有情众生与无情众生。一切有生命的叫做有情众生，无生命的是无情众生。把有情众生叫众生好理解，而把无情众生叫众生则不好理解。其实，众生者，众缘和合而生之谓也，若此，哪个人或物不是众缘和合而生呢？物质的、有形的事物是众生，精神的、无形的思想、观念，何尝不是众缘和合而生呢？以此看来，我们面对的物质世界、生命世界、精神世界的一切都是众生。不仅我的生命是众生，而且我的身体里的每一个细胞、我的每个思想、每个念头都是众生。众生平等，慈悲一切。对外应如此，对内也应如此；对人应如此，对己也应如此。故佛言："如来善护念诸菩萨。"我们身体里的每一个细胞，每一个分子、原子，我们思想上的每一个念头都是众生，都是自己的孩子。我们都应护念他，护持他更加觉、正、净，护持他更健康、更慈悲，护持他成菩萨念、成佛念，从而成菩萨、成佛！

转寂寞为寂照

当初，你来这个世上时，独自一人，没有人与你做伴；最终，你离开这个世界时，也是独自一人，没有人与你做伴。独往独来，寂寞着来，寂寞着走。热闹是暂时的，终会过去，就是热闹时，你的心也未必不是寂寞的。寂寞是一种本然状态。人应该学会寂寞，适应寂寞，耐得住寂寞。佛教讲，寂照是修行的重要方法，寂灭是个人正报得到的最高境界，常寂光土是个人依报得到的最高境界。

应转寂寞为寂照，得到寂灭，往生常寂光土。

管住自己的身、口、意

强者塑造自己，弱者埋怨别人。胜人者有力，自胜者强。英雄能征服别人却未必能征服自己，圣人在征服了自己的同时也就征服了别人。佛在《金刚经》上讲："如是灭度无量无数无边众生，实无众生得灭度者。"自度即是度人，度尽众生却无度生相，这是何等的伟岸、何等的清净！

塑造自己也好，征服自己也好，说到底是管好自己的身、口、意。即意不胡思乱想，口不胡言乱语，身不胡作非为，这是底线，是止其不得作。在此基础上还应有进一步的追求，即不得不做之律条：意不仅不胡思乱想，还要正思正想；口不仅不胡言乱语，还要正言正语；身不仅不胡作非为，还要正行、正精进。你管住自己身、口、意的程度就是个人道德修养的境界，同时也就是你的外部世界呈现的美好度。

修养自己无止境

日有所思，夜有所梦。内有所思，外有所现。意业总要表现出来，总要表现在身、口上，只不过程度不同、表现方式不同罢了。

意业表现在身业上，也不仅仅是杀、盗、淫。有些人的身造业，比如侵犯、伤害人，可能在不经意间的下意识动作上，在难于掩饰的肢体动作上。

再说眼神、眼色，不也是一种身业吗？常言道，"眼睛是心灵的窗户"。眼睛作为人类五官中最敏感的器官，其感觉领域几乎涵盖了所有感觉的70%以上。《孟子》曰："存乎人者，莫良于眸子。眸子不能掩其恶。胸中正，则眸子了焉；胸中不正，则眸子眊焉。听其言也，观其眸子，人焉廋哉？"有时一个蔑视、鄙夷的眼神或一个赞赏、关爱的眼神对人的伤害或鼓励是巨大的，是难以忘怀的。

再说意业体现在口业上，也不仅仅是妄言、绮语、恶口、两舌。有些人造口业，对人的伤害，可能体现在语速、语调、语气上。再说，也不仅仅体现在口上，比如说嗤之以鼻的哼声等。

所以，修养自己，真是无止境的啊！

真的可以脱胎换骨吗

真的可以脱胎换骨吗？我认为是可以的。在一定意义上讲，世界上没有完全不可能的事情，万法由心造嘛！关键是有无真心并持之以恒地去为之。再说，事、理往往是融通的，并会"说什么有什么"，那么既然有"脱胎换骨"这个说法，想必有其理、有其事。试举例说明，许多修行人烧出了大量的舍利，这不是脱胎换骨了吗？佛祖释迦牟尼不仅换骨了，全身都成舍利了，晶莹剔透，身如琉璃了，这不全身都换了吗？虽不能至，心向往之。不能全换，换一部分可以吧？不能换多，换少可以吧？

莲池大师文中载："陈后山云：'学诗如学仙，时至骨自换。'予亦云：'学禅如学仙，时至骨自换。'故学者不患禅之不成，但患时之不至，不患时之不至，但患学之不勤。"可见要脱胎换骨，换凡胎俗骨为圣胎道骨，贵在勤学。学什么？要学经典，要学圣贤，要学佛、菩萨。学就要真学，做就要真做，这才有希望。"佛为心，道为骨，儒为肉"，你学儒、释、道三家的学问，你以儒、释、道三家的祖师为师，何愁你的肉、骨、心不换呢？

别背包袱

别背包袱，任何包袱都是负担，都会影响生活质量，都会影响目标的达成。

垃圾的包袱不能背，珠宝的包袱也不能背，一如烦恼、嗔恨的包袱不能背，而名誉、地位的包袱也不能背一样；有形的包袱不能背，无形的包袱也不能背，一如你背着珠宝走路太累，背着太多的焦虑、妄想更不轻松一样。

为什么背包袱？因为看不破，看不破即放不下，放不下即提不起，提不起即无所作为。不背包袱不是什么都不在乎，更不是什么都不做，而是不但不把一切当成负担反而当成乐趣，不，连乐趣的想法也不必有，因为追求乐趣也是负担，也是包袱。就是说，应无所住，而生其心，无住生心，无住行色、声、香、味、触、法布施。如此，何等自在，何等潇洒！

观自在是自度，观世音是他度；观自在是自受用，观世音是他受用。只有自在了，无牵无挂了，才能寻声救苦，无所不为。

把心安在"极乐"上

佛教信众至诚信愿行，欲生西方极乐世界，欲见阿弥陀佛。佛言："其国众生，无有众苦，但受诸乐，故名极乐。"极乐者，非相对，非绝对，超越二元对立之境之乐也。极乐在西方。佛说西方，即非西方，是名西方。东西南北四面八方，西方极乐世界在当下，在心境。唯心净土，自性弥陀，心净则国土净。任何时候，任何情况下，把心安在"极乐"上，即是极乐世界。

观　自　在

人都想自在，毕生都在追求自在，但自在何其难得哉！自在是结果，也是过程；是境界，也是襟怀。自在绝不是我行我素，更不是任意胡为，自在是在认识、把握、遵循自然、人生、社会规律后的从心所欲、随遇而安的状态。真正的自在，不仅是身体的自在，更是心灵的自在；不仅是自己的自在，更在于给予别人更多的自在；不仅是生自在，更在于死自在；不仅是此生的自在，更在于生生世世获得自在。佛陀说法四十九年，讲经三百多会，佛经浩如烟海，核心是般若经，般若经浩如烟海，核心是《金刚经》，而《般若波罗蜜多心经》又是《金刚经》的核心。《心经》第一句的前三个字即是"观自在"。"观自在"何？既可理解为观世音的另一称号，也可理解为，要想得"自在"须用"心"去"观照"。从第一层含义解，既为"菩萨"，即自度度人意，那么"观自在"是观世音菩萨的"自度"，"观世音"寻声救苦救难是"度人"；"观自在"即是智慧，"观世音"即是慈悲，悲智双运、福慧双修方能圆满究竟。好了，如上所析，你要自在吗？要究竟自在吗？须用"观"的方法！如何起观呢？须发大乘心、发菩提心，立下自度度人、悲智双运之志而后力行之方可！

菩提心的性质

大乘佛教修行的前提和基础是发菩提心，因为菩提心是菩萨行的前提，是成佛的种子。且不说修行，其实无论做什么事情，如果发心不正，不仅走不远，且连走得对、走得好都谈不到。

何为菩提心？可有不同的表述，简要地说就是觉悟心。何为觉悟心？就是明了人生、社会、宇宙真理而自觉地终身去实践的心。展开来说，菩提心可由三部分组成，即大智、大悲、大愿心。大智是上求佛道，大悲是下化众生，大愿是悲智双运，利乐有情。此三者与中国传统文化相结合，亦可表述为：大智是纯阳之气，大悲是纯阴之气，而大愿是阴阳平衡后生机无限的一团和气。世人有小聪明，但那多是燥阳，世人有感情，但那多是浊阴；世人有智慧，但那虽是阳但非纯阳，世人有大爱，但那虽是阴但非纯阴。只有大智、大悲方为纯阳与纯阴。

中国佛教四大菩萨，文殊、观音、普贤、地藏，分别代表大智、大悲、大行、大愿。此即发菩提心并践行菩提心的至真代表。

旧思与新得

近来读传统文化的书多有新得、心得。比如佛学所讲的"空"的问题，就太深奥玄妙而又太平实了，只不过许多人无法入得进去，故对其不是迷信就是诋毁。就此事，近几天忽把一些"旧思"与"新得"联系起来做了些思考。

"旧思"是，过去耳熟能详的两段话：

《国际歌》中有歌词："不要说我们一无所有，我们要做天下的主人。"

经典有论："无产阶级之所以具有最彻底的革命性，就在于他'无产'，即一无所有。"

为什么他们无畏、无惧、彻底革命？因为他们"一无所有"；为什么他们能做天下的主人？因为他们"一无所有"。

这也是一种空，这种空主要是一种物质的空。当然，存在可决定意识，但这种意识的空是物质的空决定的，是相对于有的空。

佛教讲的空与此同亦不同，形同实不同。佛教讲的空是即空离空，空而不空，真空妙有，缘起性空，讲的不仅是有而空，而且空而有。这种空是大有、妙有，这种大有、妙有是真空。这种空性为般若智慧，为佛性真心。这种真空、真智不是分析出来的，不是理论上的，是证来的，是修来的，是因戒得定、因定生慧而来的。证得此空性之人，乃为大丈夫，乃为"无畏无惧""一无所有"而又"要做天下主人"的人。

回头是岸

"苦海无边，回头是岸"是佛教用语。此语之深意很难理解，言其迷信者有之，言其消极者更众。其实此言理极深、情极切，如若解其真实义者，终身受用无穷矣！当然，吾不敢妄言自己的理解就正确，但为情切意真故，试言一二。

先说"回头"。此言回头并非指有形之头，而是指返观内照之意，且回头也是相对而言的。比如说，相对于事来说回头是指人；相对别人来说，回头是指自己；相对于身来说，回头是指心；相对于妄心来说，回头是指真心。若此，"回头"即指一切一切要从自身身心、真心真性上下手，反观内修方得，而不是一味向外攀缘驰走。

再说"是岸"。岸也非指有形之岸而言，是为迷悟、苦乐、真妄之对待之意也。若迷惑为此岸的话，觉悟就是彼岸，若苦为此岸的话，乐就是彼岸，等等。

彼岸在哪里？不在别处，在心间，在迷悟之间，向外驰逐攀缘就是此岸，"回头"修悟，即是菩提彼岸。此者"苦海无边，回头是岸"之意也。

其实对真正的觉者而言，无此岸彼岸，此岸彼岸全在一心的迷悟之间，全在是否能"回头"上。

"回头是岸"是消极的吗？非也！因为只有回头才能出头，当然亦无头可回、无头可出；只有反观内省，完善自己，"内圣"才能"外王"，当然，内圣的目的也绝非仅仅是外王。

《心经》曰："三世诸佛，依般若波罗蜜多故，得阿耨多罗三藐三菩提。"般若者，大智慧也，波罗蜜者，到彼岸也，阿耨多罗三藐三菩提者，无上正等正觉也。此意为，要成佛、证无上正等正觉或言到彼岸者，必须依靠大智慧来度脱也。而大智慧者，非在吾心，又何所在？非回头取证，又何取焉？

《六祖坛经》中，惠能曰："与汝说者，即非密也，汝若返照，密在汝边。""密者"，真义、真智慧也，"汝边"者，回头即是也。孔子曰："仁远乎哉？我欲仁，斯仁至矣。"就这么简单，回头即是也。佛理，儒理，理理相近矣。

何为外道？外道者，心外求法之谓也，不知回头之谓也。

关于"受"

佛教讲人是由五蕴身心组成的。何为"五蕴身心"？即色、受、想、行、识是也。在五蕴中，色为物质、为身，受、想、行、识为精神、为心。而受、想、行、识中的"受"又可分为三受，即苦受、乐受、不苦不乐受。苦受是谓于六尘违情之境而有逼迫之苦，是名苦受；乐受是谓于六尘顺情之境而有适悦之乐，是名乐受；不苦不乐受是谓于六尘不违不顺之境所受非苦非乐，是名不苦不乐受。以上三受均是一种心理体验，是就一般凡夫而言的。不同的人对同一事物的"三受"程度是大不相同甚或相反的。比如有的苦受多，有的乐受多，有的几于纯苦无乐或纯乐无苦等。其中苦、乐、不苦不乐的占比就反映了人的修养水平和觉悟程度，而修养就是在不断地减少苦受、增加乐受、最终达到苦乐一如境界的过程。那么在这个过程中，有些什么阶段或顺序可循呢？窃以为：第一要"接受"。凡是你遇到的，临到你头上的，都是你自己招来的，都是你应该承受、接受的，对逆情的，不要抵触、抗拒，不要怨天尤人；对顺情的，不要飘飘然、忘乎所以。即一切要以平等心待之。第二要"享受"。不管怎么说，"接受"总有一点被动、不情愿的意味在，"享受"就不同了。你要把遇到的一切当成是美味、美景、美事，当成是玉成你的机缘来好好品尝、品味，接受命运的馈赠。第三要"觉受"。这个层次、境界就更高了，即不能仅停留在享受层次，而要闻、要思、要反省，要以事悟理、以理解事、以因悟果、以果返因，从而达到觉悟事理、离苦得乐、深信因果、奉献人生的境地。第四要摄受。如果说，觉受属"自觉"的小乘境界的话，那么摄受则属"觉他"的大乘修为。摄受者，摄取容受之义，是指佛、菩萨以教法教导正善之众生，令得利益，即通过相应的方法使众生向善，使其得到生命自由解脱的利益。此非一般人所能为或所能究竟行，但凡夫虽不能至，完全可以心、行向往之，向佛、菩萨学习，助佛、菩萨一臂之力，在力所能及的范围内去"摄受"有缘之众生。此不亦是菩萨之为乎！

生可带来、死可带去的是什么

名利场上失意者常得到好心人的劝慰：名利地位生不带来、死不带去，看开点吧！其实劝归劝，该看不开照样看不开，该放不下照样放不下。就是劝人者，绝大部分也是如此。这，不是我今天议谈的内容。我想说的是另一层涵义：是的，名利地位乃身外之物，那什么不是身外之物呢？名利地位等生不带来、死不带去，但有生能带来、死能带去的东西吗？按佛学的观点：有！绝然有！是什么？是业。何为业？即众生生生世世身、口、意之造作所留下来的势能之谓也。这"业"，储存在人的阿赖耶识里，轮回流转，只要因缘成熟就必然受报。这叫做"万般将不去，只有业随身"。如果说名利地位想带也带不去，那么此"业"是想甩也甩不掉。这是迷信吗？不是，这是因果法则。你做善事有善报，做恶事有恶报。有的报在当下，有的报在长远，有的报在己身，有的可能报在子孙。你要问，那谁见了？我要问，谁没见？种瓜会得豆吗？缘木会得鱼吗？孔子、岳飞的后代至现在尚享其恩泽，起码说起来会脸上有光，而绝不会有人炫耀自己是秦桧的第多少代孙的。这不是报吗？再说生能带来的问题。芸芸众生，万有不齐，为什么报身各别呢？你说是遗传，为什么兄妹乃至双胞胎、多胞胎性格、命运迥异呢？说是环境所致，那为什么环境相同，而从生下来就大相径庭呢？这说明，每个人有生能带来且生生世世随身的东西。说来说去，劝人"把名利地位看破放下"的话是有道理的。这些东西，确实是过眼烟云，稍纵即逝。倒是应把着眼点、着力点放在"生可带来，死可带去"的永恒性的东西上是正事。这于己很重要，于人、于社会也是有百利而无一害的。试问，一个重视因果法则的人还敢去、还会去为非作歹吗？以上道理，不是我的发明创造，是佛学讲的，是圣言量。不管你信不信，行不行，因果法则都会铁律般地起着作用，而不会因某些人的不信而放过了他。

破坏团结为逆罪

佛教讲极重的罪为五逆罪，即杀父、杀母、杀阿罗汉、出佛身血、破和合僧。此五逆罪前面"四逆"都属杀罪，出佛身血亦如是，此较好理解。但为何把"破和合僧"列入五逆呢？我理解，僧也是"生命"，是集体生命，是佛的法身慧命所系之生命体，故破和合僧亦等同杀罪。破和合僧者，破坏团结之谓也。由此吾悟及，对在家人而言，对现代人而言，也应以此为鉴：千万不要破坏组织、团体、班子乃至家庭的"和合"或曰"团结"，须知这可是"逆罪"啊！

恶、善、净

世人常说，一切宗教都无外乎劝人行善。此话不错，但亦不全对。说任何宗教都劝人行善没错，说的是其共性，是从其基础性的学说方面说的；说其不全对，是说其劝人行善的层次是不同的，即有的宗教，比如说佛教，有比"行善"更高的追求。

"业"是佛学上的一个重要概念，即指人的起心动念、言行举止一切行为所造作形成的力量、定势。其业略分为三，即恶业、善业和净业。众生随"业"流转，难于自主，恶有恶报，善有善报，净有净报。恶业堕三涂，善业为人天，净业则为往生西方之资具。

恶业固不可为，善业亦为染业，也不究竟，终难解脱，难免轮回。何为佛教？有一准确表述，即"诸恶莫做，众善奉行，自净其意，是诸佛教"。其中"诸恶莫作"是底线，不能突破，即莫做恶业；"众善奉行"是第二层级的要求，即要做善业；"自净其意"，则以前两条为前提，又把其提升到了更高层次，即要修"净业"，如此，"是诸佛教"。当然，佛教是分大、小乘的，小乘是基础，有了此基础后，要回小向大，发大乘心，发菩提心，广度众生，与众生一起"诸恶莫作，众善奉行，自净其意"。此亦与儒家所讲"穷则独善其身，达则兼济天下"之意相近。写到这里，我又想到了，儒家经典《大学》中的三纲领"大学之道，在明明德，在亲民，在止于至善"。此阐述，约可与佛学之表述相对应。"明明德"者，小乘也，即"诸恶莫作，众善奉行"也。"止于至善"者，即"自净其意"，修净业之谓也，因为"至善"者，已非善恶相对之善，而是无善无不善之善；"在亲民"者，即大乘之道也。

生老病死

苦集灭道四圣谛是小乘佛学立论施教的基础学说，其中第一是苦，即认为人生是苦的，有三苦、八苦之说。三苦即苦苦、坏苦、行苦；八苦即生苦、老苦、病苦、死苦、怨憎会苦、爱别离苦、求不得苦及五阴炽盛苦。这么多的苦，最重要的是生、老、病、死苦。四者中，生苦虽每人必经，但那是在无明驱使下蒙冥状态中承受的，此且不论，剩下的老、病、死三者就值得认真对待了。此三苦，当然也包括生苦在内，说到底全是自己造成的，所谓"自作自受""集谛"即是。其苦的大、小、多、少随自己身、口、意三业的清净程度而定。生且不言，就说老、病、死，人不可能不老、不病、不死，但完全可以老得慢一点、病得少一点、死得好一点，即其苦是完全可以减轻甚至转化为无生无死、无病无灾、涅槃寂静状态的。此即"灭谛""道谛"所诠释的真理。老、病、死的苦，说到底是一种恐惧，这种恐惧尤其是对"死"的恐惧是伴随人一生的。这是影响人生活、生命质量的最大因素。所以，了生死是佛教修行所要达到的主要目标。佛教说到究竟处，是无所谓生死的，是无生死可了的，即生死完全是一种幻相。这并非完全是说教，仅从字面上了解是没有用的，乃需证得方成。此非一般人之所能达致，但经过认真闻、思、修，对死亡的恐惧减轻一点，能够临终走得好一点，则是完全可以办到的。

做人做事的最高准则

《华严经·净行品》中，文殊菩萨言："佛子，若诸菩萨如是用心，则获一切胜妙功德。"又曰："佛子，云何用心能获一切胜妙功德？"然后讲了141条，这141条不仅是对出家人抑或应成为一切人修心、修行，做人、做事的准则。我何出此言？且听我道来：第一，此141条涉及在家、出家的一切人；第二，此141条涉及对人、对境，修止、修观，行住坐卧，一切法门、一切方面；第三，此141条之标准皆为究竟、至高、圆满之标的；第四，此141条条条皆讲"但愿众生"即是菩萨心肠、大乘境界；第五，141条，多则多矣，全则全矣，繁则繁矣，但简亦简矣。何也？即有其总开关！即"如是用心""善用其心"，即从"心"做起也！

我说的有没有道理呢？请君认真拜读一下此篇经文后再做评判！

时时处处春光明媚

寂天菩萨用了一个极佳的譬喻来强调内心修炼的重要性：

我怎么可能觅得足够的皮革，

来达到完全覆盖大地的目的？

但如今只要靴底有块革垫，

那不就等同于覆盖了大地？

这就好比，凭我之力，无法完全消除世间纷扰，但若能调整自己的心，又何需费神其他？

亦如，我无法让四季如春，更不能让大地处处盛开鲜花，我若心中永远充满生机、永远心花怒放，那不就时时处处春光明媚了吗？

境　　界

修行到一定境界时：

时时是好时，

事事是好事，

处处是好处，

人人是好人。

六祖大师曰：不思善，不思恶，正与么时，那个是明上座本来面目？

善恶不住方脱俗，

成败无心是真人。

再 来 人

佛教所称"再来人"，是指修行有大成就，或往生西方极乐世界乘愿再来度脱众生之人。作为专指，此为圣者风范，非常人可及。在此我倒想讲点引申义或曰泛指的话。即在某种意义上讲，不管你从什么地方来，既然生而为人，那既不是凭空产生的，也不是本来就有的，因此都是"再来人"。何止你生而为人为"再来人"呢，其实，每一天、每一时、每一刻都是和前一天、一时、一刻不一样的人，也都是"再来人"。"太阳每天都是新的""交臂非故"，人不亦然乎？这些道理固然可以成立，但我更想说的是：既然都是"再来人"，那"再来"的人也是千变万化、参差不齐的。人贵在不仅本生应好好修行，终成善果然后倒驾慈航，再入娑婆度生，更要把修行体现在当下的每时每刻，让每一个"再来"之我越来越好：变负累之人为潇洒之人，变低级趣味之人为有高尚追求之人，变迷执之人为觉悟之人，变凡夫之人为圣贤之人！

人类是万物之灵吗

"人类是万物之灵"，这个说法毫无疑问是人类自封的，若让"万物"来票决的话，未必是这个结论。那么人类真的是万物之灵吗？我的看法为：是，也不是。要说灵，也确实灵，人类确有其他生物比不了的优势。要说不灵，还真的不灵，君不见，这个世界上的蠢事、恶事、傻事，又有哪种动物比人类做得更多呢？

佛陀认为，众生皆有佛性，只不过其佛性被遮蔽的程度不同而显现出千姿百态的世相罢了。在这个意义上讲，众生、万物一如，不垢不净、不灵不愚、平等平等。从另一个角度说，正因为众生妄想执着或曰其佛性被遮蔽的程度不同，所以才显出来有的灵一点，有的钝一点。在这个意义上讲，人可能比其他众生灵一点。

那么，人的灵，灵在哪儿呢？肯定主要不是灵在身体上，因为身体比人灵的众生多的是。是灵在心上吗？须知心是分类型分层次的，有真心有妄心，有善心有恶心，无穷无尽。真正灵的应该是真心，真心即心灵，即灵性。而在人类中，能让真心做主，或曰能证得灵性或佛性的人那是少之又少，何况人类在总体上让灵性占居主位也是遥不可及的事情。丰子恺先生曾把人生比喻成三层楼，第一层楼是物质世界，第二层楼是精神世界，第三层楼是信仰世界，或曰灵性世界。可惜和遗憾的是绝大部分的人生活在第一层楼，少数人生活在第二层楼，至于登上第三层楼的，肯定是凤毛麟角了。

抛开三层楼这个角度不说，就说这个"灵"字吧。人类灵，固然灵，但是灵也未必完全是好事。佛陀讲，在众生生存的十法界中，人居中。居中者，可谓灵也。人容易偏执，容易走极端，即可上可下、可左可右、可善可恶、可圣可凡，具有无限的可能性。佛菩萨是人成的，但畜牲、恶鬼、地狱道也是人堕的。再说了，就是在人类中，也是充满了十法界的。有的人是活佛、菩萨，而有的人简直不如畜牲，有的人天天生活在天堂，而有的人则终日居住在地狱。不管你居于一种什么样的生存状况，那都是你的心造的，是你的"心灵"指挥你的"口和身"去造的。

因此，我希望更多的人应该好好修心、修性、修身、修行，使人类真正的能"灵"起来，真正让"灵性"做主，以不愧为自封的"万物之灵"这个称号，别等到把地球糟蹋得不能住了再觉悟。

从"星火燎原"想到的

"星星之火，可以燎原"，从这句话可感悟两个方面的道理。一是不要忽视小事，小事可致大事；不要忽视"因"，"因"小而"果"大。二是"星星之火"是什么火？是善火还是恶火？是善因还是恶因？综合起来说，是希望"星火"去"燎原"呢？还是把"星火"消灭在萌芽状态呢？

"星星之火"即是种子，种子有不可思议的力量。播香花种子，香花满地；撒毒草种子，毒草遍野。心是种子。播般若之火，收涅槃之果；播邪恶之因，收地狱之报。善有善报，恶有恶报，因果不爽，不可不慎！最重要的是应以菩提心为种，种入八识田中，润于智慧之水，耕于精进之犁，以成其"燎原"之势，如此，则佛道成矣。

好好做人三题

人从何处来？人向何处去？做人怎么做？不同学说有不同的说法，不同的人有不同的追求。我试言之如下：

一、取得做人资格不容易

人，成其为人绝不是偶然的，因为世上没有任何纯偶然的东西。做人是需要资格的，正如入党、考大学一样，不够资格，不够条件，怎么能被录取呢？如何取得资格，学问太大了，这里且不说，只想说取得资格不容易。

释迦牟尼说，众生如大地土，得人身如爪上土。即人生与众生的比例是手中土与大地土一样的比例。又言，能修成人身，如盲龟钻浮孔一样难。即如茫茫大海上有一有孔的漂板，正好有一盲龟遇到漂板的孔，将头钻出来，成人的概率就这么低。现代科学亦证明，男人一次射精，有上亿个精子，而只有一个精子有与卵子结合成人的机会，且不说不遇排卵期或避孕时所损耗的精子数量了。

二、既得人身，就好好做人

成为人太不容易，成了人能不好好珍惜吗？既得人身，就应该说人话、干人事，就应该好好做人。狗不会不干狗事，但人却常常不干人事。你是什么样的人便干什么样的事，你常做什么样的事，最后便成了什么样的人。干人事的继续做人，干狗事的去做狗，干鬼事去做鬼。做人及格但不够好的继续做平常人，把人做好的去做更好的人。六道轮回，就是如此形成的。

三、做好人先要存好心

好人坏人，决定的因素在存心，即存好心还是存坏心。做人说到底是做心，修身说到底是修心。好心人未必就能把人做得很好，但把人做得很好的则一定是好心人。什么叫好人？可有两种含义，一是社会学意义上的好人，即君子、善人之义；二是生理学意义上的好人，即身心健康的人。好心人，不仅是社会学意义上的好人，也会是生理学意义上的好人。心安即身安，仁者寿是也。

佛教与迷信

佛者，觉也；佛教者，佛陀的教化也；佛学者，觉悟之学也。这点，从佛字上也可看得出来，佛者，弗人也。是人，又是对人的否定和升华，是超出常人、超出凡人之人。其实佛教不仅不是迷信的，而且是反对迷信的。觉悟之学怎么会是迷信呢？真是风马牛不相及的事情。在某种意义上讲，把佛教搞成迷信的做法，不是真正的佛教。

对自己不了解或了解不深的事情不要随便下结论。处置自己不懂的东西，最省劲的办法就是斥之为不科学或迷信。其实，不了解就随便下结论，本身就是不科学，本身就是迷信，即"迷信"它不是真的。知之为知之，不知为不知，是知也。知道了再下结论也不晚，况且知也是无止境的。在宇宙面前，人类整体上都显得惊人的无知，何况个人呢？下结论要留有余地，对未知领域"存而不论"，才是科学的态度。

一问一答最相机

不知你注意过没有，几大宗教创始人的学说抑或几大文明源头的经典文献大都是问答体、谈话体的。如苏格拉底，如《圣经》，如佛经，如孔孟等。故一问一答最相机，也最容易碰撞出智慧的火花，其言、其语亦最具针对性。故开大会必要，开小会亦必要，谈话、谈心似更必要。中成药固然必要，但把脉问诊、对症下药更必要。

三头六臂

《西游记》里写到，孙悟空到灵台方寸山，斜月三星洞跟菩提老祖学艺。老祖问孙悟空要学什么招数，学天罡数是三十六变，地煞数是七十二变，孙悟空贪数多，即学了七十二变。结果，孙悟空只懂地变，不懂天变。这也无怪，他毕竟是个猴子嘛，何能懂天变呢！天变，唯有人才能变得出来。至于讲到佛、菩萨那能耐就大得无量无边了。佛菩萨有"三身"，即清净法身、圆满报身和百千万亿化身，随心、随意、随处、随时、随机所化，比孙悟空的本事大多了。不是说嘛，孙猴子一个跟头十万八千里，却跳不出如来佛的手心，因为不是一个档次。

以上所言，且不论是真是假，倒是马克思的一句话，可为此做个注脚："一个人有了知识，才能变得三头六臂。"看来，变来变去，关键在知识，关键在修自己，在修自己的"心性"。君不见，《西游记》中"灵台方寸山，斜月三星洞"不就是个"心"吗？君不见，"菩提老祖"不就是"觉悟之师"吗？佛、菩萨不就是已"明心见性"者吗？不是还有一句话叫做"是心作佛，是心是佛"吗？

何不好好修呢

《西游记》载，许多妖怪都想吃唐僧肉，以求得到长生不老。为什么吃唐僧肉会长生不老呢？因为唐僧前世是如来的二弟子金蝉子，亦为佛身，而佛是长生不老的，故吃了他的肉亦可与佛一样的长生了。试想之，杀害别人，乃纯粹是恶念、恶行，这种欲长生者怎能如愿呢？你既然知道成佛好，为什么不信佛、学佛？吃了唐僧肉到底可否长生不老另当别论，倒是人人皆有长生不老、不生不灭的东西，即灵性、佛性确是真实不虚的。我们为什么不好好去修呢？把这个东西修、证到后，即可长生不老了。

一　　休

日本有一动画片《聪明的一休》，主人公是一小沙弥。当时我偶尔看两眼，没去深想：其人为何叫一休？一休聪明在何处？待最近读了些佛书，悟出了点道理：一休一休，一做便休，应无所住，了然无痕。我悟的着点边吗？一说便休吧！

从"阿"字的念法想到的

佛教净土法门念"阿弥陀佛"的"阿"字，大体有三种念法，"a""e""o"。到底哪种念法是正确的，似无定论。有教徒曾请教一颇有修为的老法师，老法师说，念什么都行。他说，我们中国人念"阿弥陀佛"，梵语念"阿弥嗒"，那美国人、非洲人念什么？只要诚心念，无论怎么念，阿弥陀佛都知道。此言固然有理，因为任何修行都是在修心，心诚则灵嘛。话虽这么说，但总觉此说法似没尽意，因为三种念法总应有一种是更好、更合适的吧？比如说汉字，尽管各种方言念法不一，但还是有标准的普通话念法。那么哪种念法更好呢？我上百度网查了一下，南师、元音老人、慧律法师等都主张发"a"音。他们认为"阿"字是根本咒"嗡啊吽"的第二个咒音，内含无量密意，代表不生不灭的意思，是诸佛的本性。华严字母四十二个字，第一个字就是阿，表示诸法无生，也是由此生出一切法之意。当然我并非佛学专家，也不是在做考证，我是在探究问题。我认为任何字尤其是传统文化经典的读法、读音都应该是慎重和力求准确的。因为根据中医五行理论，声音、颜色、气味都与养生、健康息息相关，马虎不得的。我认为南师他们说的是有道理的，还是念"a"音为好。君不见不管哪个民族、何种语言，尽管母亲的叫法不同，但似乎都有"a"或近似"a"的音在，而人们在赞叹、惊奇、呼救时，也大都发"a"音，这难道是偶然的吗？

觉 有 情

佛教之"菩萨"，是菩提萨埵译音的简称，其义为："觉有情"或"大道心众生"。"菩提"就是觉，就是觉悟、大道的意思；"萨埵"就是有情的意思，也是众生的意思。合起来就是求大道大觉的众生，亦即指菩萨就是自觉、觉他之人。佛教从这个角度可把世人分为不同类型：凡夫有情无觉，二乘有觉无情，菩萨有觉有情但觉行不圆满，佛有觉有情、觉行圆满。

觉为何？觉为智慧。情为何？情为慈悲。佛教徒要修四无量心：众生无边誓愿度，烦恼无尽誓愿断，法门无量誓愿学，佛道无上誓愿成。四无量心核心就是"上求下化"，上，求佛道，讲智慧；下，化众生，讲慈悲。上求是觉，下化是情，还是"觉有情"。此意当然还可从另外角度来理解，如"不变随缘"：不变的是求"觉悟"，随缘的是化有情。再如"无住生心"：无住是求"觉悟"，生心是化"有情"，等等。

在一些人的心目中，佛法是消极的甚至是无情无义的。这实在是一种误解。佛法少讲智慧而讲般若，而般若是高于智慧的，智慧多指"世间智"，而般若是通于世出世间的智慧；佛法少讲爱而讲慈悲，而慈悲是对世间之爱的超越和升华。觉者般若也，有情者，慈悲也，这就是"觉有情"的含义。这怎么是消极无情呢？只不过佛菩萨是用清净心来做事的，故，"整日度生而不作度生想""如是灭度无数、无量、无边众生，实无众生得灭度者"，这就是佛法与世间法境界的区别所在。

难能可贵

佛陀在《佛说四十二章经》中说："人有二十难。贫穷布施难，豪贵学道难，弃命必死难，得睹佛经难，生值佛世难，忍色忍欲难，见好不求难，被辱不嗔难，有势不临难，触事无心难，广学博究难，除灭我慢难，不轻未学难，心行平等难，不说是非难，会善知识难，见性学道难，随化度人难，睹境不动难，善解方便难。"此二十难，可以说把修道会遇到的难题或曰应攻克的难关尽列于此了，攻克一个难关，登上一个台阶，难关尽克之日，即佛道修成之时矣。

粗析此"二十难"，从不同的角度，有不同的分类。可分为两种类型，一是向下的底线，即"不得做"的难，如"忍色忍欲""见好不求"等，二是向上的目标，即"不得不做"的难，如"贫穷布施""豪贵学道"等。还可从身、口、意三方面来分。"随化度人""睹境不动"等属"身"方面的难；"见好不求""不说是非"等属"口"方面的难；"触事无心""心行平等"等属"意"方面的难。再则从难易程度来分，有的看似较易，实则不易，比如"得睹佛经难"。你别看现今佛经不少，但还是有太多的人不闻不问、熟视无睹。再说了，你看了几本佛经，就能算是"睹"了吗？不能。有的很难，但只要做起来实则不难。比如"贫穷布施难"。肯不肯施，与贫富无必然联系，贵在一心真诚，再说布施也并非全是"财施"，施一个同情、微笑，施于援手，一无所有的人都是可以的。还有些，从字面上看，简直是无法做到的。比如"生值佛世难"。其实也不必如此悲观。此世是否佛世，也应圆观。比如现时，我们虽未值佛世，但对诚心信佛之人来说，佛何时不在身边？况且佛的法身慧命从来都是不生不灭的啊！再说了，印光大师言，"看一切人都是佛菩萨"嘛，何谈"生值佛世难"呢？

粗析分类，可知，难，确实是难，但难的程度，因人而异，贵在去做，真做就不难。如何去做？

首先，不因循、不拖延、不迁就自己。就从当下做起，从一点一滴做起，从起心动念做起，做一点距离目标近一点，水滴石穿，铁棒成针，功夫不负有心人。再则，"二十难"太难、太多，可从几难乃至一难先做起来，逐步增加。其实，你真的把一个方面做到家了，其他的也就成"家里人"了，一通百通嘛！最后，在"勤、诚、恒"三字上着力。俗话说："一勤天下无难事"。我还可以说："一诚天下无难事""一恒天下无难事"。"凡事开头难"固然不错，但虎头蛇尾的人似乎更多。贵在勤奋、诚心、持之以恒。

如上所说，可把"二十难"根据自己的情况分分类，给自己定个目标，做个计划，认真去做，然后时时省察、检查、总结，坚持下去，会收到意想不到的效果！

佛说"二十难"，再难也要做。"难能可贵"，可贵者，贵人也；自己做并带动其他人一起做者，大贵人也！况且，人生本是不断攀升、不断战胜、超越自己的过程，不去攻克难关，难免随波逐流、永劫沉沦，"不进则退"嘛！

聆听、倾听、谛听

聆听、倾听、谛听都是听，侧重点不同，层次有别，都须用心、用身、用耳，但聆听侧重用耳，倾听侧重用身，谛听侧重用心。

聆听，侧重于"聆"，即听的意思，强调的是细听。"倾听"侧重于"倾"，即身子向前用尽力量听取。"谛听"侧重于"谛"，即聚精会神、十分认真的意思。聆听、倾听都很重要，谛听更重要。佛经上，每每弟子向佛陀请教问题时，佛陀会说："汝今谛听，当为汝说。""谛听谛听，善思念之。"意思是说：你要"谛听"呢，要"善思念之"呢，我就给你说，否则，你不好好听，说了你也听不懂，说了也没用。

不同角度看"三界"

三界为佛教术语，指众生所居之欲界、色界、无色界。此乃迷妄之有情，在生灭变化中流转，依其境界所分的三个层次。

欲界，为地狱、饿鬼、畜生、修罗、人间及六欲天之总称。此界中众生贪于食、色、情等诸欲。

色界，色为变碍之义或示现之义，乃远离欲界淫、食二欲，而仍具有清净色质等有情所居之世界。

无色界，唯有受、想、行、识四心，而无物质之有情所住之世界。

南怀瑾先生言，欲界众生注重欲，色界众生注重爱，无色界众生注重情。

我想从另一角度，即"三理"角度对应三界。欲界众生对应生理，色界众生对应物理，无色界众生对应心理。

如是我闻，信受奉行

佛经的第一句话是"如是我闻"，最后一句话是"信受奉行"。这两句话、八个字，做人、做事、为学、为道的大道理可谓尽在里许。"如是我闻"者，学也，"信受奉行"者，习也；"如是我闻"者，知也，"信受奉行"者，行也；"如是我闻"者，理论也，"信受奉行"者，实践也。此两句话与《论语》第一篇第一句"学而时习之，不亦说乎"潜通暗合也。

此两句话、八个字，亦阐释了为人、为事、为道的下手处。"如"者，在真如自性上下手；"是"者，在规律、大道上下手；"我"者，在自己身上下手；"闻"者，在真学实智上下手。"信"者，在谛诚信仰上下手；"受"者，在恒时受持上下手；"奉"者，在至诚恭敬上下手；"行"者，在真修实行上下手。

唯有"如是我闻"，方能"信受奉行"；方能"皆大欢喜"，方能"作礼而去"，义无反顾！

信　愿　行

净土三资粮：信愿行。信者，信有西方极乐世界，信有阿弥陀佛；愿者，愿往生西方极乐世界，愿见阿弥陀佛；行者，忆念阿弥陀佛功德，执持阿弥陀佛名号。资粮者，往生、见弥陀的资具、资本。这些，无须我赘言。今者，我对"信、愿、行"三字偶思有得：信者，有一言字，可谓语业；愿者，有一心字，可谓意业；行者，行动、行为也，可谓身业。信、愿、行者，三业也，三业至诚、清净，必生西方，定见阿弥陀佛。

你能"佛祖心中留"吗

世人乃至有些佛弟子常认为吃肉、喝酒无所谓，还引用道济法师的行为和言语"酒肉穿肠过，佛祖心中留"。这种认识是站不住脚的。别的且不说，只问一句，你"酒肉穿肠过"，能做到"佛祖心中留"吗？若做不到，就别吹那个大话。再说了，世人只知"酒肉穿肠过，佛祖心中留"这两句话，却不知道道济和尚还有后两句话，"世人若学我，如同进魔道"。

第四辑

读「道」篇

从"道可道，非常道"想到的

　　老子《道德经》的第一句话"道可道，非常道"，道出了无限、无穷的哲理，令无数的人去咀嚼、回味、思索。无论任何事物，它本身的存在就是最完美、准确的表现形式，而对其的任何描述，即使语言大师也会相形见绌，就算用摄像机、照相机照出来，也只能是某角度、某层次、某部分的真实，远非"常道"。这还是指有形的东西，更别说无形的思想、理论、意识、精神了。我有个半路失明的盲人朋友，他说，他曾见过颜色，所以对颜色有概念，能理解，但对先天失明的人讲颜色，是无论如何说不清楚的。因为有些东西，甚至一切东西是绝非能用语言完全表达的。不信，你说什么叫美？什么叫丑？什么叫香？什么叫臭？什么叫品格？什么叫道德？真的很难说清楚。难怪有些问题自有人类以来就争论，争论了千百年也争论不清楚，因为他本来就不可能争论清楚嘛！

　　尽管"常道"不可道，但还是要"道"，实际上，人们每时每刻都在道，都在听人道。你不道，如何交流？不交流，秩序如何维持，社会如何发展？尽管任何人都不能道其完全的"常道"，但接近或比较地接近"常道"还是可以做到的。人们接近的程度实际上就反映了其水平和能力。

接近"常道"，应该成为人认识世界、改造世界所追求的目标。要达到这个目标的最好方式就是能有正确的思想方法并勤奋地去实践，尽可能地去亲历、亲为、亲闻、亲思等。当然，要什么事都完全做到这一点是绝对不可能的，但尽可能地多见原人、多看原版、多读原著、多触原景、多经锻炼却是一种弥补的办法。因为，你不能不承认，听汇报不能代替自己调研；读报刊不能代替读书，读辅导材料不能代替读原著，看图纸不能代替看建筑，听人讲经验不能代替自己实践。亲历、亲为的尚不能道"常道"，若只听别人说，自己不深入、不调研、不思索，恐怕连"偏道"也道不出来，而只能道"空道""假道"了。这样的人不是空头理论家、书呆子，就是盲目庸碌的事务主义者。

因为可道非常道，所以

老子曰："道可道，非常道。"可道非常道，常道不可道。从中可悟出许多的"道"理。

因为"可道非常道"，所以，"说道不如做到，言传不如身教""喊破嗓子不如做出样子""其身正，不令而行，其身不正，虽令不从"。

因为"可道非常道"，所以，多道不如少道，说得越多可能离道越远，"越抹越黑"是也。有一句话叫做，"人类一思考，上帝就发笑"，那么，人类一说话，上帝还不笑掉大牙吗？因为许多的道理是只可意会不可言传的。所以，雄辩是银，沉默是金；所以，禅宗"不立文字，教外别传"。《易经·系辞》云："书不尽言，言不尽意"，亦属此意。

因为"可道非常道"，所以，或领导做思想工作，或老师讲课，或家长教育小孩就须用启发式，就事说理，就须重实例、重案例、重身教，而不能空对空地说教，更不能喋喋不休地乱说一气。

因为"可道非常道"，所以，听景不如看景，听转达意见不如面对面交流；读辅导材料不如读原著；听别人汇报不如亲自深入下去调查研究。

因为"可道非常道"，所以……

天道与人道

老子曰："天之道，其犹张弓与？高者抑之，下者举之；有余者损之，不足者补之。天之道，损有余而补不足。人之道则不然，损不足以奉有余。孰能有余以奉天下？唯有道者。"以上话译成白话文则为：天道不就像拉弓射箭吗？目标高了，就把它压低一点，目标低了，就把它提高一点，弓弦过满，就把它减少一点，弓弦不满，就把它拉满一点。天之道就是这样，把多余的拿来补不足的。而人之道则刚好相反，减少不足的来增加有余的。谁能把有余的拿来奉天下呢？那就只有"道"了。

老子所言固然不差，人之道最喜锦上添花、趋炎附势。利益使然。天之道则依规律而行，规律是柔弱胜刚强，新生胜衰朽。这两者从表面看来是矛盾的，但从长远看，从整体上看应该是一致的，即"天道=人道"。为何？人道之事，万事万物都会走向反面，损之者益勤奋，技能精进，受人同情；奉之者愈怠惰，才具退化，遭人嫉攻。损之、奉之能不变吗？能长久吗？上下来去，加减乘除，大小多少，强弱损益，上有苍穹。这苍穹不是别人，是规律，是人民。世间万物，上就是下，来就是去，大了再小，多了再少，反之亦然。好就是坏，坏就是好，事无常事，法无定法。这本身就是一道复杂的加减乘除四则混合运算题，题虽复杂难算，但会算得分毫不差，虽不用人算，但最终会体现大多数人的意愿。

老子云：圣人无常心，以百姓心为心。我认为：圣人心=百姓心=民心=公心=党心=规律。

外柔内刚为常道

《老子》四十二章有言："万物负阴而抱阳，冲气以为和。"朱熹《周易序》云："万物之生，负阴而抱阳。"可知"负阴而抱阳"是"万物"之常态、常道，唯此方能生化"万物"。男女媾和不是阴抱阳吗？精卵结合亦此，婴儿依偎在母亲的怀抱中也亦此，非此乃新生命不能生矣。故知钱币之内方外圆之义。中国传统文化之做人之至境为"外柔而内刚"，亦此理。试看《易》之六卦，即泰、否、损、益、既济、未济，其中泰、益、既济三卦均为阴抱阳，而否、损、未济则均为阳抱阴。此做人做事所不能不察者也。

曲　成

老子曰："曲则全。"孔子曰："曲成万物而不遗。"俗语云："委曲求全。"可见"曲"的重要性。仔细想一想，确实有道理。宇宙间没有直线，只有曲线。所谓直线，也不过是把曲线切断后的片段，假名为直线而已。一切有生命力的东西无不呈现出曲线、呈现出圆形。圆形者，即是曲线所呈现的形状。试看大到地球及一切天体，中到一切动物、植物的形体，乃至动物的器官和植物的树干、树叶，小到细胞、分子、原子等，概莫能外。可见，唯有曲、圆才能生万物、全万物，才有生命力。难怪，好听的音乐叫"曲子"；难怪，好文章"文似看山不喜平"；难怪，人们常说"圆满"而从不说"方满"。

"下不知有之"

老子曰："太上，下不知有之。"其意为：最上乘的领导是下边不知道有你这个领导。信然。若身体好时不知道有医生的存在，治安好时不知道有公安的存在一理。

宠辱与身，孰重孰轻

老子曰："宠辱若惊，贵大患若身。何谓宠辱若惊？宠为下，得之若惊，失之若惊，是谓宠辱若惊。"得宠若惊，得辱若惊。得宠后怕失宠，失宠后又惊；得辱后想失辱，失辱后还惊。惊来惊去，无一时静心。惊到最后，把身体惊垮了，才感到宠辱与身孰重孰轻，但彼时彼刻，却悔之晚矣。但宠辱不惊，谈何容易？那是功夫、是境界，是大功夫、是大境界。

傻到极处是聪明

想抬高自己吗？请抬高别人；
想贬低自己吗？请贬低别人。

想发展自己吗？请发展别人；

想阻挡自己吗？请阻挡别人。

相反相成。水涨船高。

傻到极处是聪明，聪明过头便是傻。

《道德经》云："玄德深矣，远矣，与物反矣，然后乃至大顺。"

有用与无用

小时候看《水浒传》，常想梁山泊的"军师"本事那么大，却叫"吴（无）用"，真是百思不得其解。及至年岁渐长，方渐悟出了其中的道理：世界上的许多事情，无用就是最大的用。

比如说，人与人之间的交往直截了当地说就行了，绕着圈子说些策略的话有什么用？夏天热得够呛，穿衣服有什么用？达·芬奇学画画，先画三年蛋有什么用？新兵入伍，几个月的军训，就是立正稍息地练，有什么用？城市建那么宽的街道、那么大的广场和绿地有什么用？等等。从一定意义上讲，这些都是无用的，但若没有这些"无用"的话，你将一事无成，一无所用，而且世界将变得非常可怕，难于生存。

记得在计划经济时期，农业以粮为纲，工业以钢为纲，其他的统统要让路。但全国集中精力抓这两样"有用"的东西，抓来抓去也没有抓好，倒是把别的也耽误了。

老子曰："三十辐共一毂，当其无，有车之用；埏埴以为器，当其无，有器之用；凿户牖以为室，当其无，有室之用。故有之以为利，无之以为用。"是的，如果车轮是实的，器皿是实的，房子是实的，没有"无用"的空间，这些东西的"用处"又体现在哪里呢？正像城市的寸土寸金是由那么多宽敞、优美看似"无用"的环境质量烘托出来的一样。

道　德

道德者，道得也；道德者，得道也。得道者即有道德。

老子《道德经》即一部言如何得道而道德的书。

传道、布道、学道、解道、知道、悟道、修道、行道、得道。

程颢言："学不究道，不足以为之学。"

孔子曰："朝闻道，夕死可矣。"

闭邪养正

闭目养神，闭耳养肾，闭鼻养气，闭口养心。

开口神气散，开口是非生。

老子曰："五色令人目盲，五音令人耳聋，五味令人口爽，驰骋畋猎令人心发狂，难得之货令人行妨。是以圣人为腹不为目，故去彼取此。"

闭者，门内之才也。闭者非不视、听、闻、言、思、行，是闭邪视、听、闻、言、思、行也，开启正视、听、闻、言、思、行也。

闭者，闭外开内也，开内才之谓也。反观内视、听、闻、言、思、行也。

子曰："非礼勿视，非礼勿听，非礼勿言，非礼勿动。"颜渊曰："回虽不敏，请事斯语矣。"

缩小自己

把自己缩小、再缩小，只有把自己缩小了才能进入别人的眼睛里，进入别人的耳朵里，进入别人的心里。无有人无间。老子曰："是以圣人后其身而身先，外其身而身存，非以其无私耶，故能成其私。"亦是此理。

向虫子学习

《庄子》曰："唯虫能虫，唯虫能天。"意思是说，唯有虫子能全然地做好虫子（而人则不能），唯有虫子能全然地符合天然之道（而人则不能）。故，人不仅要法天、法地、法自然，而且要"法虫"，即向虫子学习。因为虫子能自然，即自然嘛！在这个意义上讲，"法虫"也是法自然。

何以对治

《庄子》有一篇"畏影恶迹"的寓言。文如下：人有畏恶迹而去之走者，举足愈数而迹愈多，走愈疾而影不离身，自以为尚迟，疾走不休，绝力而死。不知处阴以休影，处静以息迹，愚亦甚矣！

如此之事，何其多也！"抽刀断水水更流，举杯浇愁愁更愁"是也；怕别人说不是，越解释，"越抹越黑"是也；越失眠，越怕失眠，越怕失眠越失眠亦是也。更可推之，欲望不也如此吗？人的欲望有止境吗？但资源是有止境的，靠无限制地掠夺有限的资源去满足无边的欲望，谁能说后果不是"绝身而死"呢？再说官欲、名欲、权欲、淫欲可满足吗？不会！若此去穷追狂逐，于自然、于社会、于人生都是灾难啊！

何以对治？"处阴以休影，处静以息迹"可也！别忘了：淡泊以明志，宁静以致远；别忘了：少欲无为，身心自在。

无为有为等

无为而无不为，反过来讲，无不为而无为。无为是手段，无不为是目的。其实我这样讲，也是一种方便说法。真的无为是没有什么手段、目的的。无为是要克服领导人"有为"的冲动，甘作铺路石、甘为人梯、甘为他人作嫁衣，这样才能成就大家的为，群众、下属的为，这样的为才是大为、才能无不为。一个人的力量是极其有限的，不可能"无不为"。庄子曰："无为而尊者，天道也；有为而累者，人道也。"天道者，领导之道也，也可谓一把手之道也；人道者，副职之道也，从属者之道也。天道者，举重若轻者也；人道者，举轻若重者也。手忙脚乱，处上之手太忙，处下之脚肯定要乱，亦此理也。

每下愈况

《庄子·寓言》中有一则是"道在屎溺"。说的是东郭子问庄子说，所谓的"道"在哪里呢？庄子说"无处不在"。具体说在蝼蛄和蚂蚁身上，在杂草丛里，在砖瓦里面甚或说在屎尿里。看着东郭子迷惑不解的神态，庄子曰："夫子之问也，固不及质。正获之问于监市履狶也，每下愈况。"此话的意思是说，先生所问的，本来就没有接触到实质。有个叫获的市场管理员问屠夫如何踩猪腿检查猪的肥瘦，得知愈往下踩就愈能弄清楚。从此我们可以领会到，真理在实际生活中，在基层群众中，在万事万物中，即愈到最下层愈能了解到真实情况。道家修行的最高境界是"真人"，真人即契合真理的人。真人即儒家的至人，至人即常人，至理是常理。如此推断，那些故弄玄虚的人肯定是假人了，那些故弄玄虚的理肯定是歪理了！

"道法自然"偶感

　　道法自然是道家学说中最重要的概念之一。其意为：道所反映出来的规律是"自然而然"。宇宙天地间万事万物均效法或遵循"道"的"自然而然"规律。当然，此"自然"非彼"自然"，即非指"自然界"之自然。但二者又是密不可分的。因为自然规律亦为道法之自然，且自然界本身就是最自然、纯自然的。人要"法自然"，就应尊崇自然，回归自然。引申了讲，回归自然，并非仅指回归大自然之谓，也应或曰更应回归一种自然而然之本然状态。这是什么状态呢？是一种不造作、不偏激、无为无不为、无过无不及的阴阳平衡、中和状态。用在养生上，就是应处在不昏沉、不散乱、清净恬淡、不迎不拒的状态。这种状态最自然，自己自然了才能与自然相应，才能与大道相应，才能"天人合一"。这时，健康长寿就是不求自得的事情了。

把"日益"与"日损"结合起来

老子《道德经》有一段话："为学日益，为道日损。损之又损，以至于无为。无为而无不为。"对此语，历来的学者、修行者做了不同的解读。一般的理解为：求世间的学问，其知识要逐渐地增加，即要"日益"，而要求出世间真理，须要不断减少自己的主观偏见乃至分别妄执等，因为，这些会成为寻求真理道路上的障碍，即"烦恼障、所知障"二障。这是求取学问的两条路径，都是有用、必要的，二者既可以是相互促进的，也可以是相互矛盾的，全看为学、修行者如何把握了。举个例子说，人的先天本性如明镜，"心为明镜台"嘛，"日益"的办法是往镜子上或镜子前堆积东西，当然有些是有用的东西，但这些东西或会阻挡得镜子无法照人照物；"日损"的办法则是想方设法去把镜子擦得亮亮的，那样它就可将人、物照得毫发毕现。这两者在行进的过程中是完全可以相得益彰的。比如，你累积的知识，完全可以作为擦镜子的素材和知识啊，还有，你累积的知识还可以远离镜子啊。另一方面，你的"亮镜"映照莹彻后，不是可以掌握更多的"日益"知识吗？其实这种想法绝非我的异想，或曰小儿"赘言"。在传统文化经典中这方面的论述可谓比比皆是。如《大学》中所述"格物、致知"之语，"格物"不即"日损"，损那些物弊之私，"致知"不即"日益"，致那些知识学问乃至"良知"吗？还比如《中庸》中所言："君子尊德性而道问学，致广大而尽精微，极高明而道中庸"，其中"尊德性""尽精微""极高明"不可理解为是"日损"吗？"道问学""致广大""道中庸"不可理解为"日益"吗？此论未必确当，但或许有些道理。

请君莫要做下士

　　老子在《道德经》中讲，"上士闻道，勤而行之；中士闻道，若存若亡；下士闻道，大笑之。不笑不足以为道。"意思是，上士，也就是说上等层次的人，听了道德理论便努力去实行；中士，也就是说中等层次的人，听了道德理论，将信将疑；下士，就是说下等层次的人，听了道德理论会哈哈大笑，如果不被嘲笑就不足以称其为道了。这个哈哈大笑，是说他抱着嘲笑、不屑一顾甚或诽谤的这么一种态度。

　　道是什么呢？可以理解为宇宙本体、化生万物的本源和自然社会的根本规律，是道家的最高信仰。关于道的理论，玄妙莫测。所以孔子曾说"朝闻道，夕死可矣"，就是说早上懂得了圣人之道，就是晚上死了也了无遗憾。可见学道、闻道、证道的极端重要性。但是，对于道的态度是分为三个层次的，以上已经讲过了。在此我想说，就算你做不了上等层次，最低限度也要做个中等层次吧。就是说，对自己根本无法去了知的宇宙大道，乃至对于圣人阐明大道的教诲，就是理解不了，也不要去嘲笑，更不能去诽谤。

　　我看过一个资料上说，宇宙百分之九十以上是由暗物质组成的，人类不仅对此一无所知，就是对百分之几的明物质，也只认识了其中很小的一部分。人类尚且如此，何况个人呢？一些大科学家尚且如此，何况一般的人呢？我们不能不承认，像我等这样的凡夫俗子与古圣先贤的智慧相比，简直不成比例。我们如何敢于嘲笑他们呢？如何不去相信他们阐明的宇宙大道呢？有不少的人，经常会随便的发表一些不负责任的议论，甚或嘲笑、非议、攻击古圣先贤。在此，要问一句，我们够资格吗？

自己夸自己，害羞不

《列子》一书中有这样一篇短文：阳子之宋，宿于逆旅。逆旅人有妾二人，其一人美，其一人恶；恶者贵而美者贱。阳子问其故。逆旅小子对曰："其美者自美，吾不知其美也；其恶者自恶，吾不知其恶也。"阳子曰："弟子记之!行贤而去自贤之行，安往而不爱哉？"意思是说阳子到宋国去，住宿在旅馆里，旅馆的主人有两个姨太太，其中一个很美丽，一个很丑陋。丑的受宠，美的反倒不受宠？阳子问，这是什么原因呢？旅馆的小伙子回答说："那个美的觉得自己很美，可是我并不感到她美。那个丑的觉得自己很丑，可是我并不感到她丑。"阳子说："徒弟们，记住这句话，要是一个人做了一件了不起的事儿，却去掉自己很了不起的心理，那么他到哪里去不受欢迎啊？"

这个故事讲的道理太深刻了，以致在《韩非子》《庄子》等书中也都有记载。我当时第一次读到这篇文章的时候就产生了强烈的共鸣，并铭记在心里了。但是铭记归铭记，而要做到谈何容易呢？何以见得呢？记得是在我小孙女三四岁的时候，我给她编草编玩儿，她高兴地说："爷爷你编得真好！"孩子这么一夸我，我有些忘乎所以了，洋洋自得地说："想不到爷爷编这么好吧！"这时呢，想不到她马上回我一句说："自己夸自己，害羞不？"

这件事引起了我的反观和自省，说明什么问题呢？说明我的傲慢自得的心理是如何的根深蒂固，如果不是孩子童言无忌提醒我，我可能还感觉不到。此时，我又联想，在我担任领导期间，不知有多少人在忽悠我的时候，我暴露了这种自得的丑态呢，那能不警醒吗？

第五辑

读《易》篇

要注意《周易》哲学

冯友兰临终前说的最后一句关于哲学的话是："要注意《周易》哲学。"此话值得深思，《周易》哲学值得下功夫学习。

从孔子学《易》得到的启示

近读《论语》，其中一段引起我许多沉思。孔子云："加我数年，五十以学《易》，可以无大过矣。"此话的意思是说，再给我几年时间，到50岁时学习《易》，便可以做到没有大的过错了。

我想：

一、孔子"五十而学《易》"方能无大过，可见《易》理深奥精微。《系辞》言："《易》其至矣乎""夫《易》广矣大矣"，其言不虚。

二、以孔子之学识、阅历、悟性，到五十知天命之年才能读懂《周易》，常人呢?

三、就算到五十岁而学《易》，也只能做到无大过，小过仍是难免的。可见完人是不存在的。

四、孔子学《易》后才能做到无大过，可见先知先觉、生而知之是不可能的。

五、古人"人生七十古来稀"。孔子对自己的寿命也没存奢望，只说"加我数年"，到五十岁的"高寿"时所希望的是孜孜以求地学《易》。可见，人应活到老学到老，永不言晚。

六、生命在发展的过程中，每段有每段的风景，依常人的看法，垂垂老矣时生命质量必然下降，其实未必。只要肯学、肯思、肯做事，年老时满可以是生命质量的高峰期。君不见，孔子在总结自己学习修养的另一篇文章中言到"五十而知天命，六十而耳顺，七十而从心所欲，不逾矩"的话，可见人的修养层次、精神境界是可以随着年岁的增长而攀升的，但前提是你要努力。

《易》是研究变化规律之书

辩证唯物主义认为，世界是物质的，物质是运动的，运动是有规律的，规律是可知的。

易者，变也；经者，规律也。易经者，研究、宣说变化规律之书也。

故此，《易经》提供了认识运动着的物质的规律性的一把钥匙、一种方法。《易经》可以卜卦，但卜卦绝不是易经的主要功能；有人把《易经》用来搞迷信，但搞迷信绝不是《易经》的过错。正如，刀可以杀人，但杀人绝不是刀的过错一样。

对号入座

《易经》六十四卦，每卦六爻，分别为初、二、三、四、五、上，区分出六级高低不同的等次和事物发展所处的上下、贵贱、先后的不同阶段。以古人的社会地位而言，初为庶民，二为士人，三为大夫，四为公侯，五为天子，上为太上皇。以阶段而言，初为发端的萌芽阶段，应潜藏勿用；二为崭露头角阶段，应适当进取；三为功业小成阶段，应谨慎防凶；四为新入高层阶段，应警惕审时；五为功德圆满阶段，应处世戒盈；六为发展终极阶段，会穷极必反。

《小象传》言，初爻为始、为下、为卑；三四多为犹豫、疑惑，为反复；二五居中，得中道；上爻为终、为上、为亢、为盈、为穷。《系辞传》言，二多誉，三多凶，四多惧，五多功。综上所述，可否如此综合：初多卑，二多誉，三多凶，四多惧，五多功，上多悔。

卦象爻位既可指事物发展的时间阶段，亦可指社会地位的空间阶段。在指时间阶段上既可指称大的历史阶段，亦可指称一个小的阶段；在指空间阶段上既可指称社会的阶级、阶层，亦可指一个部门、一个家庭的秩序、伦理。

知道了自己所处的位置、所任的角色，从而也就知道了自己处境的性质和吉凶。如此，对策亦在其中矣。

小惩大诫

《易经·系辞下》曰："小惩而大诫，此小人之福也。"那什么是"君子之福"呢？该是"不惩而诫""见惩人而诫己"了吧！那什么是"小人之祸"呢？该是"大惩小诫""惩而不诫"了吧！

从传统文化看上下关系

老子《道德经》六十一章："大邦者下流，天下之牝，天下之交也。牝常以静胜牡，以静为下。故大邦以下小邦，则取小邦；小邦以下大邦，则取大邦。故或下以取，或下而取。大邦不过欲兼畜人，小邦不过欲入事人。夫两者各得所欲，大者宜为下。"处理大邦、小邦，上级、下级关系的准则是"大者宜为下"。"礼贤下士""君使臣于礼，臣事君于忠"亦此意也。

《易经·系辞上》曰："天尊地卑，乾坤定矣。卑高以陈，贵贱位矣。"天虽尊高，地虽卑贱，然则六十四卦很重要的"泰、否"二卦又是如何排列的呢？泰卦为☷☰；否卦为☰☷。即高贵者在下，卑贱者在上为泰，即地天为泰；高贵者在上，卑贱者在下为否，即天地为否。此不亦值得深思乎？

又《易经》六十四卦之最后两卦，即既济、未济卦亦能说明此问题。既济卦为☵☲，即水在上，火在下，"水火既济"；而未济卦则为☲☵，即火在上，水在下，"火水未济"。火者上炎，水者下湿。上者宜下，下者宜上，方能既济。换言之，"上者"属乾、属阳，头脑易发热，如何治之？深入下去，深入到基层群众中去，深入到实践中去，如此方能得民心、顺民意，成就"既济"大业。否则，万事"未济"。

法天效地

《易经》六十四卦，皆从乾、坤两卦变易而来。乾卦的要义是自强不息，坤卦的要义是厚德载物。儒家学说是崇乾的学说，积极入世；道家学说是崇坤的学说，阴柔自然。自强不息是北大的理念；厚德载物是清华的校训。老子讲，人法地，地法天，天法道，道法自然。法地法什么？法地的厚实，唯厚实方能载山川万物；法天法什么？法天的空灵，唯空灵方能悬日月星辰。法道法什么？"阴阳一道也"，故道者阴阳也，阴阳者太极也。法道法阴阳平衡，法虚实结合，法负阴抱阳，法外柔内刚。法自然法什么？自然者，本体也，天性也，"曲成万物而不遗""万物生而不有，长而不宰"也。

谦

《易经》六十四卦，几无完全大吉大利的卦，每一卦都是有好有坏，似乎找不出哪一卦是完全好的。如乾卦是好卦，但乾卦的六爻也是情况各别的，上九的"亢龙有悔"就是在警示居高位者，若倨傲不免招祸的道理。如果非要在六十四卦中找出一个最吉利的卦的话，那就是"谦"卦，六爻皆吉。在下要谦，在上更要谦；无理要谦，有理也要谦。满招损，谦受益。谦就是让。《吉祥经》云："恭敬与谦让，知足并感恩，及时闻教法，是为最吉祥。"可见佛、儒是相通的。谦就是下，就是卑。可看谦卦卦象，艮下坤上，地山谦。山最高了，但它却在平地下面，山在地下，地在山上，意思是最高处就是最平凡的，即使你功成名就、声震云天，却应韬光养晦、卑以自牧，这就是谦卦的哲理。从谦卦的错卦来看，即六爻皆变即成天泽履，履者，礼也，礼者，谦之用也。从谦卦的综卦，即把卦象倒过来看，则成豫卦，豫者，欢喜、快乐、安闲、舒适也。此皆谦的"功劳"。

自　治

国家对少数民族地区实行自治，叫自治区、自治州、自治县等。地区可自治，其实每个人也都需要"自治"。因为说到底，任何学习都是自我学习，任何管理都是自我管理，任何"他治"的前提都是"自治"。自己不努力，任何人都拿你没办法。《易·谦卦》"谦谦君子，卑以自牧"，讲的就是这个道理。

相容与不相容

"水火不相容"，没错，但水火的关系绝不仅仅是"不相容"一种。有时水火不仅是相容的，还是相济的，如《易·既济卦》即是；有些未必是不相容的，如《易·未济卦》即是。就算不相容，也未必完全是坏事。比如说发生火灾了，水火不相容可以去灭火；衣服湿了，可以用火去把衣服烤干。再说，人身体里的"水"——肾、膀胱与"火"——心、小肠不是相辅相成、相得益彰，实现了人体的阴阳平衡和健康吗？

治身如治国

《易经》六十四卦中有一卦叫"观"，卦象是，上巽，下坤。《象传》解释："风行地上，观；先王以省方观民设教。"就是说，上卦巽为风，下卦坤为地，风在地上吹行就是观卦。古人认为风是最具感化力的，春风一吹，坚冰都融化；风最具普及力量，无孔不入，吹彻人寰；风是最具征服力的，风吹草伏，都会倒向一边。故用风来比喻帝王的政令教化。因此先王效法风的作用，到四方去巡视，考察民情风俗，设立教化。这一卦说明，在上者要观察民情，对消除民间疾苦有所作为。同时对内要观察自己的言论行为，不断反省修为，止于至善，对上对下都要遵循这一"观"的原则。

以上是《易经》中给予古代统治者治理天下的法则和智慧。现在我要说的是，要外王先要内圣，要治平先要修齐，要治人先要治己。

那么我们如何治理自己"身心"这个"国家"，使其阳光明媚、鸟语花香、风调雨顺、五谷丰登，进而国泰民安呢？

气功中的调身、调息、调心、调食、调睡（包括调性生活），这五调中的调，实际上就是我们的"心"这个"君王"通过各种与实际情况相适应的手段去治理自己"国家"的过程。虽然所面对的对象不同，但道理没什么两样。这就是"观"卦给我们的启示。

向圣人学什么

《易经·文言》曰："亢之为言也，知进而不知退，知存而不知亡，知得而不知丧。其唯圣人乎？知进退存亡，而不失其正者，其唯圣人乎？"其意为："所谓'亢'，就如同说只知道前进而不知道后退，只知道生存而不知道死亡，只知道获得而不知道丧失。只有圣人能知道进退存亡相互依存的关系而不失去正道，大概唯有圣人才能这样吧！"

我们不是圣人，但我们可以向圣人学习。学什么？学能上能下，能屈能伸；学刚柔相济，进退自如；学全面、系统、发展地看问题。

博大精深

至博者弱于精；至精者弱于博。

博者多浅，专者多悖。

博大不易，精深亦不易，博大精深更加不易。

在我们的古代文献中，真正能称得上博大精深的著作当首推《周易》。它是群经之首、民俗之根、百家之脉、万法之宗，华夏思想的源头、中国哲学的鼻祖。甚至是民族文化的先河，炎黄语言的先声。

朱熹曰："至哉《易》乎，其道至大而无不包，其用至神而无不存。"《易经·系辞》曰：《易》与天地准，故能弥纶天地之道。

子曰："《易》，其至矣乎！"

山泽通气

《易经·说卦传》中对伏羲先天八卦作说明时有"山泽通气"

之语。地质学的道理告诉我们许多高山、高原都曾是海洋，而许多海洋却曾是高山。可见几千年前我们的老祖宗就知道山与海洋是上下相通的。自然界如此，人类亦然。山者，艮也，少男也；泽者，兑也，少女也。男人如山，女人似水。山之势，高峻而挺拔，如男性之伟岸；水之情，形幻而轻柔，似女子之妖娆。山在上，承上天之清阳；水在下，纳大地之浊阴。"山泽通气"，阴阳相吸、相通、相化、相交。男性欣赏女性，犹如山对水的依恋；女性爱慕男性，就像水对山的景仰。人类如此，人体亦然。头为山，身为地；鼻为山，脏腑如泽，躯体内部及毛细孔都是通的，也是山泽通气的道理。人体如此，社会亦然。各级领导不就是高山吗？群众不就是海洋水泽吗？领导联系群众，深入群众，打成一片，不就是"山泽通气"吗？

"交"的重要性

"交通"这个词有深意。交通交通，交才能通，通必须交。按中医讲"通则不痛，痛则不通"。体通气和，政通人和，天地通，万物和。《易·系辞上》指出："一阴一阳之谓道。"《易·系辞下》云："天地氤氲，万物化醇；男女媾精，万物化生。"可见，所谓交，主要是阴阳交，即对立面之间的交。同性相斥，异性相吸，孤阴不生，孤阳不长。对立面相交，则通、则生、则化，也就是说阴阳交而万物兴。就《易经》本身而言，乾与坤两卦相交方生六十四卦，《易传》也多次论述阴阳相交的问题：

"天地交而万物通也。上下交而其志同也。"（《泰·象传》）

"天地交，泰。"（《泰·象传》）

"天地不交而万物不通也。上下不交而天下无邦也。"（《否·象传》）

"天地不交，否。"（《否·象传》）

"天地感而万物化生，圣人感人心而天下和平。观其所感，而天地万物之情可见矣。"（《咸·象传》）

"天地不交而万物不兴。"（《归妹·象传》）

《易传》反复强调，唯有阴阳相交，万物才能通达兴盛，这就足以说明相交在对立面之间发生物质、能量、信息的交流，对于促成对立面的和谐、转化和新事物的诞生是何等重要。

天翻地覆

为何"天翻地覆慨而慷"？为何能发生"天翻地覆"的"变化"？请看《易经》之泰、否两卦。天上地下为否，何也？天性向上，地性向下，互不交融，必"否"无疑。那么把天翻过来，把地覆上去，地在上，天在下，天性向上，地性向下，则天地交合，若此则慨而慷之，变而化之矣！

话说阴阳

说某人可阴阳了，肯定是贬义词；说某人不阴不阳，还是贬义词；说某人可阴了，更是贬义词；而说某人可阳刚了，则是褒义词。说人如此，事物似乎也如此。一般地说，太阴了不好，太阳了也不好，还是阴阳平衡为好。但有时也未必。比如《易经》的乾卦，上阳下阳，内阳外阳，纯阳之极了，但它的卦象词却是"天行健，君子以自强不息"。再比如《易经》的坤卦，上阴下阴，内阴外阴，纯阴之极了，但它的卦象词却是"地势坤，君子以厚德载物"。再者，阴阳平衡固然好，但也要看结构。《易经》的泰卦，三阴三阳，阳内阴外，阳下阴上，阴阳平衡，三阳开泰，万物通泰，固然是好卦。但《易经》的否卦，也照样是三阴三阳，按说也是阴阳平衡，但就因为是阴下阳上，阴内阳外就万物蹇滞，否逆不通了。可见不仅要讲阴阳平衡，还要看阴阳结构。说到这里，我又联想到，我们老是说"阴阳"，为何不说"阳阴"呢？原因可能是多方面的，但是否亦有阴在上、在外，阳在下、在内，内阳刚外阴柔方为吉为泰，故以"阴阳"为序呢？

得 与 忘

《周易》研究的义理派主张得义忘象；儒学研究者主张得意忘文；禅宗主张教外别传，不立文字，因为佛学玄义非关文字；民间俗语还有言曰得意忘形。看起来得意、得义、得旨是最重要的。并非所有的道理、意义、感受都能用文字、语言来表达（文字亦是语言，语言亦是文字）。得道者，无道可得，得道者不可道，得法者无法可得，得法者无法可说。其中旨趣，如鱼饮水，冷暖自知，不足为外人道。在此意义上讲，"得意忘形"初始的意思，该不是贬义词吧？

明

明者，日月也。《易·系辞下》曰："日往则月来，月往则日来，日月相推而明生焉""日月之道，贞明者也"。何者？一、日者昼也，明也；月者夜也，暗也。无夜无以显昼，无暗无以显明。二、日者，阳也；月者，阴也。阴阳相生、相克、相消、相长，阴阳平衡方为明也。魏徵言："兼听则明，偏听则暗。"偏听为何会暗呢？不全面，则阴阳不平衡，孤阴不生、孤阳不长也。毛主席说，人贵有自知之明。自知什么？知自己的阴，也知自己的阳，即知自己的长也知自己的短之谓也。

古论德智体者

《易·系辞》载，子曰："德薄而位尊，知小而谋大，力小而任重，鲜不及矣！"此三者，德智体也。若想位尊、谋大、任重，无他法，唯德厚、智大、体健方成也！

负者莫乘

挑担的汉子走得快，但前提是担子不应太重，否则会被压垮。

任重道远，前提是要有那本事，否则会被累死。

《易·系辞》曰："负且乘，致寇致。"有此意也。

有德有才、有本事的人当官是一种享受，会做得很洒脱。否则是活受罪，会被累死，会被骂死。

"否""泰"转化之悟

从"泰"到"否"非常容易，容易到只有一步之遥。而从"否"到"泰"则是一个漫长的过程，否极才能泰来，需要63步。"损""益""既济""未济"亦然。可不慎乎？红的后面往往是黑，但黑的后面却往往不是红。

有道与有险

前几天参加省政协全会。妻子问我："你在主席台就座吗？"我说："没有，在台下。"她说："这样好。王凤仪老先生说'高处有险，低处有道'嘛！"此乃至理名言矣！

《易经》博大精深，钩沉致远。六十四卦道尽宇宙、人生奥妙，其中六爻皆吉之卦只有"谦"卦。谦卦者，地山之象也，即山在地下之意。山高大、险峻，但其不自高自大，而能隐没在大地之下，甘居卑位，此乃其能自始至终皆"吉"的原因所在。老子《道德经》中亦有言："上善若水，水善利万物而不争，处众人之所恶，故几于道。"深合谦卦之意旨，亦是"低处有道"的思想来源。

前几天再读王阳明《传习录》，其中有一段话深触吾心，亦与以上论述契合，故摘录如下："弟子钱德洪曰：'先生譬如泰山在前，有不知仰者，须是无目人。'先生曰：'泰山不如平地大，平地有何可见？'先生一言，翦裁剖破终年为外好高之病，在座者莫不悚惧。"读圣贤书，如临圣贤承教。当时在座者听先生言"莫不悚惧"，我们今天读到此段教诲者，也应"悚惧"。

雷公公、风婆婆

常听民间有人言：风婆婆，雷公公，但不解何以如此称呼。乃至近日忽悟，此原应来自《易经》。雷者，震也，卦象为长子；风者，巽也，卦象为长女，故言。

交　与　求

《易·系辞下》曰："无交而求，则民不与也；莫之与，则伤之者至矣。"意思是说，跟人家没有交情就去求人家，民众也不会给予帮助。没人给予帮助，就会有伤害人的人出来。其实何止是对民呢，对同事、对朋友、对领导，又何尝不是如此呢？就是对佛亦是如此，"平时不烧香，急来抱佛脚"，佛也不会搭理的。

当然，交的目的并非完全是为了求，因为人总不能太势利。但求则必须建立在"交"的基础上，否则，即使求而得予，也可能会遭到人家的轻慢和奚落，可能得到的是嗟来之食。交，是交情，即交的应是情，而非只是利交；应该是神交，而非只是形交。起码应是"君使臣于礼，臣事君于忠"，以人心换人心的交。交情，应是真情交往，哪怕对方是鸡鸣狗盗之徒也应以礼相待，如此，这些人在关键时刻才可能两肋插刀，赴汤蹈火。交不能强求，更不能巴结，强扭的瓜不甜，那不叫交情，那叫溜须拍马，仰人鼻息，不会有什么好结果。还是《易·系辞下》说得好："君子上交不谄，下交不渎，其知几乎？"

万法归一

朱熹《周易序》言："六十四卦，三百八十四爻，皆所以顺性命之理，尽变化之道也。散之在理则有万殊，统之在道则无二致。"又言："至哉《易》乎，其道至大而无不包，其用至神而无不存。"依此，万事、万物、万理皆可统之在易之"道"中。此乃中国儒、道或似诸子百家的共同看法。推而广之，释家之佛、基督教之上帝或亦可作如是观："统之在道则无二致。"世界宇宙本自一体，各家学说或以不同的角度、方法所得之不同层面而已，很难说就都是绝对真理，就是尽善尽美。正像凡人可走向天堂，却难于走进天堂是谓一理。试举一例，盲人摸象各人所摸乃为象之一部分，及至合起来，方近"象"。常人虽能看"象"，但站的角度、看之方法亦各不同，所观亦非丝毫不差之真"象"。但象却只是一个，众人的看法终究会渐趋于一致，所谓殊途同归、万法归一者也。

泰 卦 悟

南朝梁时陶弘景关于饮食言曰："先欲得食热食，次食温暖食，次冷食。"读至此语，我悟及了"泰"卦的卦象。地天泰，内乾外坤，下天上地，内阳外阴，内热外冷，地阴柔冷顺下行，天阳刚热健上行，阴阳交合，则泰。亦如水火既济的道理一样。相反，若内坤外乾、下水上火则否、未济也。有人戏言，人体本身就是个泰卦，何也？两眼、两耳、两鼻孔就是一个上坤卦，而嘴、阴部、肛门则象征下乾卦，上坤、下乾，三阳开泰。此虽是戏言，但不无道理，也能给人启示。如做人，应内刚外柔、内方外圆；如做领导，应深入群众、深入实际等。若此才能通泰、才能顺利。

从颐卦想到的

颐卦（☲）为养生卦。山雷为颐。其卦象为口形。纯正以养。以颐卦之义养生可"颐养天年"。

人生两件大事，一是健康，二是平安，都可从颐卦得到启示。

病从口入，讲的是健康问题，

祸从口出，讲的是平安问题。

若把入口、出口问题解决好了，即可健康平安，即可颐养天年。

如何解决好入口、出口问题？

建议如下：

审慎地优选若干名高素质、负责任的警察放口边，让他们昼夜轮流值班，对言语、饮食问题进行检查、把关，可乎？

从咸、恒两卦看婚姻

前几天去参加老朋友儿子的婚礼，其中有一项程序是，新郎跪一条腿郑重向新娘求婚。我还参加过其他人的婚礼，大体上也有这个程序。这个程序从何而来我不得而知，对此也曾有过不解。为什么一定是男的追求女的呢？追求为何一定要跪求呢？这次参加婚礼后细想了一下，忽然想到了《易经》的"咸、恒"两卦，遂悟出了一些道理。

"咸、恒"两卦与婚姻关系密切，或者说他在某种程度上就是讲婚姻的卦。"咸卦"讲的是恋爱结婚阶段，"恒卦"讲的是婚后居家过日子的阶段。为何如此说呢？"咸卦"是泽山咸，上卦是兑，下卦是艮，兑为泽，艮为山，兑为少女，艮为少男，少女在上，少男在下，是讲感应的卦。而少男少女时期是最容易产生心心相印感应的阶段，而互相爱慕恋爱应该是女为尊贵，男为谦卑，男的应该主动追求女的，女的应该尊贵矜持才是，俗话说的"凤求凰"是也。如果是女孩主动追求男孩的话，结果往往不太好，离婚率会比较高。因为男子都有一种虚荣心，太容易得到的女子往往不去珍惜。

恒卦就不同了，恒卦是雷风恒，上卦为震，下卦为巽，上为雷，下为风，雷为长男，风为长女，男在上女在下，男为尊女为卑。就是说，其与咸卦是正相反的正负卦，也就是说把咸卦反过来就是恒卦。这一反一复道理就大变了，应用到婚姻上，象征着婚后生活中是男尊女卑的，是男应该主动的，女应该随顺的，只有这样婚姻才能恒久恒昌，否则女子如果还执着"恋爱时是你追的我嘛"，从而想一直主导下去，这样的婚姻非出问题不可。

这是社会规律也是自然规律，是《易经》揭示出的大道理，男女都应该遵守。就算求婚时的跪求那也是一时的，并且跪的是一条腿，因为双腿跪，是跪天跪地跪双亲的，那才是永久性的。

功夫不负有恒人

你想有功夫吗？请做有恒人，即做有恒心有毅力的人，否则你将什么也做不成。《易经》上有句话叫做"不恒其德，或承其羞"，是说不能恒久的守持自己的德性，或许你会蒙受耻辱。就是说，没有恒心，不但干不成事儿，而且还会招致耻辱。孔子说过"人而无恒不可做巫医"，是说如果你没有恒心，连巫医都做不了，可见做有恒人的重要性。

我们常说"万事开头难"，此言不谬，但也未必。开头固然不易，但坚持下去更难，所以虎头蛇尾的人总是那么多，所以善始善终就显得更加重要。我们现在常说的一句话叫做"不忘初心"，什么意思呢？就是有太多的人，起初的发心和努力还是不错的，但是只是三分钟热度，或者时紧时松，改变了初衷，结果一生就这么虚度过去了。

总结我几十年的工作，有一个深切的体会，那就是认准的事儿，就坚持下去，一天也别隔断，不要自己原谅自己，自己给自己找理由放松或者是放纵。一分耕耘一分收获是规律，植物界动物界的道理也是如此。比如说长得快的木头不结实，长得慢的木头会结实。生长期短的粮食不好吃，生长期长的粮食就好吃。千万不要相信什么捷径，迷恋什么速成，这些都是靠不住的。还是那句话，一定要做有恒人。

从几句古语体悟天地大德

《周易·系辞传》中有一句名言"天地之大德，曰生"，孔子给这句话的解释是，天地最大的美德就是孕育出生命，并且承载维持着生命的延续，这是中国古代哲学对生命的礼赞。《周易》上还说"生生之谓易"，是说永恒不断地创造、诞生出新的事物，这就是变易的功劳。

在中国传统文化中的许多古语中，都体现着这种护生、重生和尊重生命的精神，比如"劝君莫打三春鸟，子在巢中盼母归""为鼠常留饭，怜蛾不点灯"等。这些都比较好理解，有些就并非人人都知其深意了。比如说为什么要"网开一面"呢？就是说不要对动物赶尽杀绝、竭泽而渔，而要在打猎的时候留下一面，让强壮的、有繁殖能力的动物能跑出去。

为什么古代杀人要秋后问斩呢？这也体现了天人合一的理念。古人认为"王者生杀，宜顺时气"，而秋冬是肃杀凋零的时候，所以行刑要顺时，而春夏是生机勃发的季节，是不能行刑的。还有"推出午门斩首""午时三刻斩首"等，这是什么道理呢？因为一年有四季，一天也有"四季"，早晨是"春天"，正午是"夏天"，而行刑是必须要过了一天的"春夏"才可以的。

我在西欧考察的时候曾经遇到过猎人，他们打猎时只许打杀年老的动物，否则就是违法，要追究责任。还有按规定打鱼时是不允许打小鱼的，这不仅体现天人合德的观念，也体现生态保护的意识。总之，人的素质修养应该体现在方方面面，尤其对体现传统文化天地大德的保护生态、敬畏生命、慈悲众生的精神要学习好，传承好。

第六辑

读《圣经》篇

如何分辨真面目

《圣经·马太福音》第四章里说，"他手里拿着簸箕，要扬净他的场，把麦子收在仓里，把糠用不灭的火烧尽了"。麦实和麦糠的下场是截然不同的。怎么就分开了？靠"扬"。在何时"扬"？在有风时。越是饱满的籽实越不随风飘荡；而随风飘荡的是秕糠。同理，没有风雨洗礼，没有岁月磨砺，你又怎么能分辨清楚世人的真面目呢？

标准应定多高

《马太福音》五章中曰："你们听见有话说'不可奸淫'，只是我告诉你们，凡看见妇女就动淫念的，这人心里已经与她犯奸淫了。"应该说，此处对"不可奸淫"的标准定得够高的，照此标准，世上正常的男子有没犯过奸淫的吗？可能不会有。何止是男子，就是正常女子也未必一次"意淫"也未产生过。况且，性梦，也算奸淫吗？

总体上讲，有些事情标准定高点，有利于提升个人的行为或精神，但一般地说还是应让绝大部分人经过努力能达到为适，否则会产生三种后果。第一，会让某些人产生"我怎么也达不到，就破罐子破摔吧"的消极心理；第二，会助长那些口是心非者的伪善作假心理；第三，会使那些道德修养很好的人也因难达标准而产生不必要的自责心理。你别忘了，我是就"一般"来说的，"圣经"毕竟是"圣经"，况且，人的言行举止一切都是用心指挥的，故把标准定高点，从"心"上去戒恶行善，是非常必要的，至于说你做不到，是你的事，有这个意识，总比没这个意识要好。况且，佛教也有这方面的教诲，大乘菩萨戒的核心是心戒，即"摄心为戒"。

耶稣如是说

《圣经·约翰福音第十章》载，耶稣说："我是好牧人，好牧人为羊舍命。若是雇工，不是牧人，羊也不是他自己的，他看见狼来，就撇下羊逃走，狼抓住羊，赶散了羊群。雇工逃走，因他是雇工，并不顾念羊。"从经可以知道，耶稣为何为羊舍命？因为羊是自己的，或他把羊看成是自己的。雇工为什么不顾念羊？因为"羊不是他自己的"，故他也没把羊看成自己的。何者？一者所有制问题；二者觉悟问题。其中第一个问题是关键，是前提和基础。为什么许多国有企业搞不好？为什么许多干部不为民负责？说到底是因为他们没把国企和人民看成是"自己"的，国企搞垮，人民利益受损害后，影响不到领导者——"雇工"的利益！

闲暇和休息也是神圣的

　　《圣经》载，上帝在西奈山向摩西传十诫，其第四诫是：星期日必须休息，定为圣日。他甚至下令，凡星期日工作者格杀勿论。此诫的寓意是：闲暇和休息也是神圣的。伟哉上帝！他不仅是仁慈者，而且是大智者！俗语言："不会休息的人亦不会工作。"诚言也。工作着固然是美丽的，但休闲着亦是美丽的，尤其是工作过后的休闲更是美丽的。不仅是美丽的，而且是必须的。工作的目的是什么？说到底不就是为了提高生活质量嘛！社会越发展就越应该有更多的闲暇。在这个意义上讲，闲暇、休闲亦是政府、社会为大众提供的必要公共产品、产权。享有休闲是一种神圣不可侵犯的权利。当然真正的休闲，不仅仅是传统意义上的休息，不是闲着没事干，更不是放纵糟蹋时间，而是一种充电、一种自主创造性的活动，一种对自己的提升。不要找理由不休闲，不要找理由不让别人休闲，不要本来能休闲却不好意思休闲或装着很忙的样子不去休闲。休闲是"上帝"赋予的权利，是正大光明顺理成章的事情。不要怕休闲耽误了工作。毛主席日理万机却也去休闲，还读了大量的书。美国总统在对外开战的时刻，还和家人去休假。我们比他们还忙吗？工作比他们更重要吗？

　　最容易不过的是忙碌，最难不过的是有成效地去工作。打消耗战不是好办法，最后会把自己也消耗得筋疲力尽。群众需要好领导，需要高效领导，而不仅仅是忙忙碌碌的领导。从个人修养角度讲亦可认为，应事接物常觉得心中有从容闲暇时才见涵养。

闻过则喜与闻过则怒

有的人喜欢听不同意见，闻过则喜。因此，知道自己什么地方做得不好，不断修正错误，从而越做越好。

有的人只喜欢听好听话，闻过则怒。因此，根本不知道自己什么地方做得不好，错无从改，身无从修，从而越做越差。

耶稣说："人都说你们好的时候，你们就有祸了。"信然。

让自己阳光起来

《圣经》上载：第一天，上帝说要有光，就有了光。我们说：有光！于是我们心中就有了光。

上帝的全能来自于上帝的自信；我们的全能来自于我们的自信。自己是自己的上帝。

太阳有光，所以万物生长靠太阳。有些星球，比如说地球、月亮自身不发光，但可以借光，然后再发出光明。一些动物也自带光，比如萤火虫以及一些深海的动物。人是宇宙间的精灵，人是可以自带光、自发光的，然后照亮自己也照亮别人。这个光是什么光呢？这个光是自性光、智慧光、灵性光，这种光会随着你身心修养状态的提升而提升，这是现代科学可以证明的。

既然如此，那我们为什么不好好地修养自己、提升自己呢？为什么不把自己的心情调到最佳状态，让自己阳光起来、光明起来呢？王阳明的临终遗言是"此心光明，亦复何言"，就是说我的心如此光明，还有什么可说的呢？他还有言"吾心自有光明月，千古团圆永无缺"，是说我心的光明是可以千古团圆永无缺减的。请看，此是何等的洒脱，何等的圆满啊！

马太效应的普遍性

《圣经》新约全书马太福音篇讲："因为凡有的，还要加给他，叫他多余；没有的，连他所有的也要夺过来。"这称马太效应。这里可能是着重物质方面讲的，实际上这种效应在许多领域是普遍存在的。仅举两例：第一，其在人的能力和工作方面是适用的。具体表现就是：凡是你能干的，还要让你多干，让你承担不了；凡是你不能干的，连你现在干的也不让你干。第二，在精神、智力方面也是如此。比如你是个有修养的人、有智慧的人，那么人们就会把本不是你干的漂亮事、有德行的事也会说成是你干的；而若你是个寡廉鲜耻、愚笨之辈的人，则把你干过的好事和聪明之举也拿去扣在别人头上。我们把诸葛亮说成智慧的化身，把包公说成是公正无私的化身，而把曹操、潘仁美当作奸诈的化身，难道没有把并不是诸葛亮、包公办的智事、好事，把并不是曹操、潘仁美办的恶事、坏事加在他们头上的现象吗？

第七辑

管理学篇

梅奥的人际关系学说之我见

澳大利亚著名管理学家梅奥写成的《工业文明的人类问题》一书创立了人际关系学说，其基本内容是：

第一，职工是社会人。他认为人是独特的社会动物，只有使自己完全投入集体之中，人才能实现彻底的"自由"。其实动物，尤其是高级动物都有其独特的"组织"或生存结构方式，否则就无法生存、繁衍。只不过他们的"组织方式"大多表现在本能上，无法与人类相比罢了。马克思讲，人是社会关系的总和。人一生下来不仅生在一个有形的小房子里，而且生在"社会"这个大房子里；不仅由有形的襁褓包裹着，而且还有无形的襁褓网罩着。人不能离开集体，否则不仅一事无成，而且无法生存。一个人的自由度就是对"集体"或"社会之网"的适应度、利用度；一个人的成功度就是对人际关系处理的熟练度、成熟度。

第二，企业存在非正式组织。由于人是社会动物，在企业内共同工作的过程中，人们必然发生相互之间的关系，从而形成非正式组织。非正式组织不仅存在于企业内部，还存在于一切组织内部，甚至存在于组织之外。它是一种客观存在，因此他在客观上就毫无疑问存在着有利和不利的影响。无视它的存在和作用是不行的。成熟的组织领导人必须善于分析、观察、引导、利用非正式组织，扩大其积极、正确作用，化解其消极作用，扼制其破坏作用。

第三，新的领导能力在于提高职工的满足度，以便提高职工的士气，从而提高劳动生产率。领导能力要更新、要发展，其尺度就是在多大程度上提高下属的满足度、满意度。下属的满足度是永无止境的，况且人喜新厌旧的本能很顽固，所以领导的能力也必须不断生长，否则总有一天魅力、吸引力会下降。中央电视台《实话实说》节目主持人崔永元在湖南长沙举行读者见面会，当有人问："最近几期《实话实说》好像没有原来好看了"时，崔答："这是初恋和结婚的区别。我们的节目可能是一个方面，更主要的原因在你自己，你已失去新鲜感了。你结婚了没有？（提问人回答：'没有'）那你等着瞧吧。"此对话虽属幽默，但也说明了一些道理。不过结婚后——或者领导者和下属之间长期共事后也还是有一直保持融洽、新鲜感长盛不衰的例子的。关键就在于，主导的一方或双方不断提高自己的素质和魅力，从而不断地提高对方的满足度。不研究这个问题，那么小则在家庭会出现婚姻危机，大则在单位、企业会出现信任危机、领导危机。

X理论和Y理论

麦格雷戈是美国行为科学家和管理学者，他的基本思想主要体现在1960年出版的《企业的人事方面》一书中。其基本观点是："管理部门可以控制人力资源的理论假设，决定了企业的全部特征。"在麦格雷戈看来，传统的管理，也即X理论假设：人的本性是不诚实、懒惰、愚蠢和不负责的。普通人天生都厌恶工作，因而尽可能地逃避工作。人们为避免责任，宁肯接受别人的命令。人是没有什么抱负的，他们把自己的安全看得胜过一切。

麦格雷戈还指出，还有一种理论，可叫做Y理论。这种理论认为：人都是愿意献身于一定目标的，他们能为此而发挥高度的想象、智慧和才能。这样一来，达成组织的目标和达成个人的目标就可以完全实现一致。做到这一点，组织也就能顺利地向前发展。

其实人是个非常复杂的聚合体。首先不仅人之初无所谓"善"，也无所谓"恶"，应该是"人之初，无善恶"，所谓善恶应是后天形成的，而且就是后天善恶倾向或表现形成后，对绝大部分的人来说也是变动不居的，不可能是只善不恶，也不可能是只恶不善，再说善恶也是没有绝对标准或一成不变的。这种界限有时是不明显的。同一个人在某个组织、某个时候、某种情况下表现很好，但在另外的情况则可能表现很不好，其中的因素是非常复杂的。但硬要找出主要因素的话，我倒觉着关键还是在领导。在好领导的眼里，手下没有赖兵。而若绝大部分的兵或者有一定数量的兵"不诚实、懒惰"的话，则肯定责任在领导。毛主席曾说，只有落后的领导，没有落后的群众，此言有理。好领导可以把落后群众转化成先进，反之亦然。

从马斯洛的"人类基本需要等级论"说起

马斯洛是美国心理学家和行为科学家。他以提出"人类基本需要等级论"和"自我实现"学说而闻名。他认为，人类至少有五类目标，我们可以称之为基本需要。简单地说，就是生理、安全、社会、尊重和自我实现的需要。

在我们的社会中，一般成员的各种需要，大多是部分得到满足和部分得不到满足。从经验中，我们观察到层次愈高，则不满足的百分比愈大。因为层次愈高的需要越难于实现，越难于充分实现。

马斯洛把他所研究的杰出人物称为"自我实现"的人。即对自己天赋、能力、潜力等的充分开拓和利用。

杰出人物不是天生的，他们的才能也是后天形成的。人人皆有天赋，皆有潜力，人人皆有可能成为杰出人物。只不过你的"杰出"的方面大小不同、角度不同罢了。李白言："天生我材必有用。"这话对任何人都是适用的。许多杰出人物在他们没有"杰出"的时候也不见得认为自己能"杰出"，而别人看到他"杰出"了之后，他也不见得觉着自己已经"杰出"了。我记得小时候看金敬迈著的《欧阳海之歌》时，有一句评价欧阳海一生的话：从他崇拜英雄、学习英雄，到他成了英雄而不认为自己是英雄，这就是他的一生。因此"人人皆可为尧舜"，绝非戏言。一个社会的文明、清明、进步的程度应该是与能在多大面上、多大程度上为他的国民智力挖掘和自我实现提供条件成正相关关系的，是和能涌现出多少杰出人物正相关的。

浅谈人的需要与积极性的调动

在企业管理中，必须坚持以人为本的思想已成为东西方管理理论的共识。要坚持以人为本就必须研究调动人的积极性的方法，当然也包括调动人提高自身素质的积极性，而这不能不研究人的积极性的原动力——需要。

一、必须承认人的需要

人作为生物和作为动物，作为社会的人，生活在自然界、社会中，自然有种种需要，没有需要就不能生存，没有需要就没有动力。但就是如此浅显的道理，在某些唯心主义者的眼中和在极

"左"路线时期，也是得不到承认的。就是现在对许多人来说，其认识也远未达到应有的程度，大有强调的必要。

1. 需要是一种强烈的本能。趋利避害是一切生物的本能，而并非人类所专有。如植物的趋光、趋水肥和动物对利害信号的趋往和躲避的条件反射等都说明了这个问题。人生下来凭本能有了呼吸、吃奶的需要，随着逐步长大，则在其饮食需要的基础上又有了求知的需要，乃至成熟后的性爱需要等。食欲、求知欲和性爱欲是为了维持人的生存、发展和种族繁衍的需要，这种需要是强烈存在着的，并且会视别人对其这些需要的满足程度而决定相互间的关系。马斯洛说："如果一个人的某种基本需要受到阻抑，他简直就可以被看成是一个病人。"可见需要的重要程度。

2. 需要是一种利益追求。人都是需要利益的，都是追求利益的。追求利益是人终身的目标和动力。马克思讲过："人们为之奋斗的一切，都同他们的利益有关。"这是很正常的。承认此并不卑鄙，不承认才是唯心主义。追求利益并没有错，对其进行道德评价时，关键看谋取的是少数人的利益还是大多数人的利益；追求私利也没有错，关键看其采取什么手段，而规范个人利益的谋取方法是社会的事。

3. 需要是一种原动力。需要是人的积极性的原动力，人都重视自己的需要，想满足自己的需要，并视能满足自己需要的人为友、为师、为知己、为恩人。人要想成为成功的领导人，就必须承认并满足人的需要，且按满足的程度决定感情的深度，利益决定忠实程度讲的也有这个意思。从古来说，"迎闯王，不纳粮"，满足的是食的需要；"愿天下有情人终成眷属"，满足的是情的需要，而现在我们搞希望工程的目的，就是为了满足一些人的求知求学的需要。领导人满足了人们的需要，就会得到人们的拥护和爱戴。讲为人民服务，说到底也是在为人民的需要服务。党的需要是我们的志愿，人民的需要也是我们的志愿。在一定意义上讲，只有满足了需要才能调动人的积极性。西方有一句谚语：世界上没有免费的午餐。其实何止午餐呢？世界上也没有"免费"的积极性，没有"免费"的回报。人人乃至每个组织无不关心自己的需要，而自己的需要也正是在满足别人的需要中实现的，在此意义上讲，关心别人就是关心自己，损害别人也就是损害自己。"科学"的任务就是把这种不自觉、被迫的"关心"变为自觉、主动的关心。

4. 承认和研究人的需要是所有管理学家研究管理理论的主要内容。从泰罗、梅奥到马斯洛，从赫茨伯格、麦克利兰到麦格雷戈无不如此。从对人的研究上讲，无论把人看作是经济人、社会人、文化人乃至复杂人等也无不是围绕人的需要而展开的。因此，在一定意义上讲，不承认和无视人的需要，不研究和满足人的需要就谈不到管理，就没有管理，就搞不好管理。也可以这样说，管理学理论的深入在一定程度上讲就是围绕对人的研究——对人的积极性的研究——对人的需要的研究深入展开的。

二、必须研究人的需要

要调动人的积极性不承认人的需要不行，但仅停留在承认人的需要阶段仍然是不行的。因人的需要既是多层次的，又是多种多样和多变的，因此必须加以认真地研究。

1. 不同人的需要是不一样的。人与人的差别是很大的。首先不同文化程度的人的需要是不一样的，文化低的人可能更多地考虑物质利益方面的需要，而随着文化水平的提高可能对精神文化的需要会增长。其次，不同经济状况的人需要也是不一样的，对经济状况差的人可能在利益和劳动条件上即使差点，但他也可能就很满足了，而对经济状况好的人可能就需要高得多的投入才能调动其积极性。最后，不同性格爱好的人的需要也会有很大的不同。有的人喜欢循规蹈矩，有的人喜欢新鲜刺激；有的人看重安逸，有的人看重发展等。其实"不同的人"还有多种乃至可能是无数种，在此不再一一列举。

2. 就相同的人来说，他的需要也是分层次的，是多种多样的。亨利·默里在1938年曾把人的需要分为了20种。后来马斯洛发展了亨利的学说，提出了著名的人类基本需要等级论即需要层次论和"自我实现"学说。马斯洛把人的需要分成了生理、安全、社会、尊重和自我实现的需要。其实，这是一种基本的划分，实际上任何一个人的需要都可能比这个需要复杂得多，尽管每个人不见得都有这五个层次的需要。一般地说，越是低层次的需要越是最基本的需要，随着需要层次的升高，追求的人可能在逐步减少，但也就越难以得到满足，即满足的百分比也在逐渐降低。而在一个人的所有需要中，在某一个时期则肯定有一个是最强烈、最迫切的需要。因此对同一个人的需要也要进行认真的研究。

3. 就同一个人来说，他在不同时期，不同情况下的需要也是不一样的。人的需要是无止境的。人在任何时候、任何情况下，都有一二种需要是最主要的，而时间条件变了或旧的需要实现了之后需要也会变化。如对一个行将饿死的人来说，食物就是一切，谁能给他吃的就是他的救命恩人，而一旦他的吃饭需要解决后，安全问题就上升为第一需要了。同样，对一个吃得饱、穿得暖的人来说，恐怕靠许诺温饱来调动积极性是不够的。而对一个在平原上的人，是难以体会跋涉在海拔4000米以上的人对空气的第一需要的。对此也必须进行有针对性的研究。

4. 站在不同角度、不同的侧面，需要还可有不同的分法。以上谈到了人的多种多样多层次的需要，归根结底这些需要可分为两大类，即本能需要和心理需要，或称自然需要和社会需要。人的本能需要是一种基本需要，在一定程度上讲，也可看作是一种动物性需要。而心理需要则是高层次需要，是一种人性的需要。这两种需要都是一种客观存在。恩格斯曾经说过，"人来源于动物界这一事实已经决定了人永远不能完全摆脱兽性。"美国管理学家赫茨伯格认为这两种需要有一类因素可导致痛苦，另一类因素可导致愉快。那些只追求满足本能需要的人注定要生活在痛苦之中。但还有一种人比前一种人有更高层次的需要，他们除了不得不避免痛苦之外，还有在自我实现中追求快乐的潜在能力。这就要求在研究人的需要时不仅要做深入、细致、具体地分析，也要注意从总体上进行把握。

5. 研究需要时不仅要注意个性研究，也要注意共性研究。从严格意义上讲，一个人与一个人、一个人在不同时期和不同情况下的需要都是不一样的，对此进行具体分析是必要的，但同时也要注意一些共性问题的研究。因为人之所以是人，就是由于有共同点，若没有共同点的话，那么一切关于人的科学研究都将成为不可能、不必要。作为人的需要，无论古人、今人，中国人、外国人，男人、女人……他们必有一些基本的需要是有共性的，并且是亘古不变的。更要看到在同一时期、同一组织内必有一些人、一些团体、阶级、阶层的需要是大体一致的，对此进行分析研究也是非常必要的。

三、满足人的需要与积极性的调动

承认人的需要，研究人的需要的目的是为了满足人的需要；而满足人的需要的重要目的又是为了调动人的积极性。因此，必须把满足人的需要与调动人的积极性联系起来进行研究探讨。人的需要是千差万别、千变万化的。因此满足人的需要也应该具体情况具体分析。只有这样，才能谈到调动尽可能多的人的积极性。

1. 必须首先着眼于满足绝大多数人的基本需要。无论何时、何组织、何种情况总会有大多数人最关心的一些基本需要，这些人的积极性的调动是基本问题。这些问题可能是工资问题、住房问题，也可能是安全问题、求学问题，等等。解决需要问题也必须按着循序渐进的方法解决。因为人在他的基本需要得不到解决的情况下，根本谈不到其他的需要，也谈不到积极性的调动。

2. 必须尽可能有针对性地解决不同人的不同需要。人的自由而全面发展及其实现是社会发展的一个目的，也是社会发展水平的一个尺度。因为人的需要层次和结构是不一样的，甚至是大相径庭的。这种不同需要产生的原因或是文化程度、业余爱好，也可能是不同性格、不同年龄等，都要具体分析。有的人可能终身都处于一种低层次的需要上，比如一辈子都在为生活，为金钱、物质奔忙，而另一些人则在基本生活条件尚未完全解决的情况下即对一些高层次的需要有比较强烈的追求。同样有对受奖励的需要，有的偏重精神奖励的需求，有的爱好物质奖励的需要。同样的代价和投入如果针对性强，可能产生事半功倍的效果，反之反然。随着社会主义市场经济的发展，生活方式越来越多元化，人们的闲暇时间越来越多，兴趣越来越广，需要也渐趋多元化，因此有针对性地满足需要，显得越来越重要。

3. 必须不断满足人们新的需要。当某一种需要已经得到满足之后就已经没有吸引力了，就已经不能再调动其积极性了。这时他就产生了新的需要，这是个永远没有终结的过程，从人的出生持续到死亡。因为已经满足的需要不再起促进作用，因此为了有效地促进人们的行为，就必须集中注意目前起作用的需要。需要也可称做欲望。欲望客观存在，有欲望是正常的，但人的欲望是无止境的，人欲"顺流"可以，但"横流"不行。一味地助长、许诺人的物质欲望、需求是不可能的，也是无益的。因此也要注意运用思想政治工作的方法对其进行正确引导和规范。这也正是在一些企业家看到人的物质欲望是贪得无厌和所得与积极性并不总是成正比后，求助于行为科学家，从而使得行为管理理论迅速兴起的原因。

4. 要不断地提升人们的需要。需要层次有高低之分，随着需要层次的不断增高，人的满足百分比在不断降低，而到达马斯洛说的"自我实现"层次的人则是凤毛麟角了。因为人的最高目标就是根据自己天生的潜在能力并在现实生活的局限内成为有创造性的独一无二的个体。而人也只有在达到了高层次需要,自身产生了动力时,才谈得上是真正地受到了激励。因为这时他不用外部刺激了,他自己就需要那样做,这种做出成就的需要,想把事情做得比别人更好、比以前更好就成了最强烈和持久的需要。尽管有许多人一辈子也达不到这种层次,也尽管有这种需要的人目前还是少数,但不能否认,大部分人是可以开发、引发这种需要的。并且随着人们素质的提高,有愈来愈多的人,尤其是管理层的人,对自我实现的需要和期望在增长。作为组织管理者在满足了人们的基本需要后,应把人们作为动物的低层次的需要不断提升到精神提高、素质提高上,这对于调动人的积极性是至关重要的。

5. 人们对公平、公正环境的需要是积极性的重要来源。现在有许多问题值得思考:为什么在过去非常艰难困苦的情况下人们的精神状态却那么好,而现在条件好多了,却出现了"端起饭碗吃肉,放下筷子骂娘"的现象呢?为什么在许多情况下,共苦容易同甘难,难事易办,好事却难办呢?这绝不是仅仅用"绝对平均主义思想作怪"能完全说得清楚的,不能不说与某些地方的工作环境不够优化、不够公平有关。因为,人们在经过自己辛辛苦苦奋斗后吃上肉时,却发现一些不劳而获的"王宝森们"已经在吃人奶、喝人血,他们的不平衡是有道理的。在这样的情况下,恐怕再给人们办多少好事也难以调动他们的积极性。人是一个善于比较的动物,一方面在跟别人比,也在与自己的过去比,还在对自己的投入和产出进行比较,并由此决定他的"投资"大小和重点。在一定意义上讲,一个人的努力程度是由工作所获得的价值和个人感到努力后能获得报偿的概率决定的。如前者大于或等于后者,会有积极性,反之则没有。同样也在对自己与别人的投入产出比进行比较从而决定积极性的高低。这个问题还可以有另一种表达，即美国当代著名组织理论家本尼斯所说的：组织提供各种诱导以换取成员的贡献。诱导物包括工资、收入、服务等；成员对组织的贡献则是自己的工作。二者都有一定的使用价值。如果二者差距很大，组织成员或者感到非常满意，或者感到非常不公平，这就决定了他很有积极性或者毫无积极性。同时还要看到，在一定的情况下，人都有一种自尊、自重并得到别人尊重的需要。他们希望能感到自己重要，并让别人承认他重要。因此他对工作环境的宽松、公平，人际关系的优化，上司对他们的态度等因素要求越来越高。

因此创造公平、优化的环境不仅是一种非常重要，而且是越来越重要的需要，也是满足其他需要从而调动人的积极性的关键因素。

关于组织的高层领导与下属沟通的几个问题

组织是为了达到自身的目标而结合在一起的具有正式关系的一群人，是一个有机体。在这个有机体中，沟通是一种自然而然的无所不在的活动，就像血液一样流经组织的各个系统。没有沟通就没有组织，组织没有沟通，就不会有成功。而在所有的沟通中，组织的高层领导与下属的沟通具有特殊重要的作用。本文试就此问题谈点看法。

一、组织的高层领导与下属的沟通是不可替代的

沟通是一个内外、上下纵横交错的开放系统。但在无数的沟通中最重要的沟通是组织的高层领导尤其是一把手与下属的沟通，在一定意义上讲这个沟通可以代替有些沟通，但任何沟通都无法替代这个沟通。

第一，高层领导是神经中枢，是大脑。在组织这个有机体中，

他的生命力在于指挥灵活有效，如果把指挥系统比做神经系统的话，高层领导就是大脑，就是决策者，他的沟通是真实性、权威性、实效性最大的沟通。

第二，高层领导是动力站。一个组织要达到目的就必须要有动力，要有活力。组织的动力、活力来源于人，人关键在领导，在高层领导，当然这并不否认高层领导的基础在群众，但群众的力量是通过领导反映出来和发挥出来的。在一定意义上讲，领导就如发电厂，组织就如加工厂，领导具有势能，是关键的少数，但这个势能如何发挥作用，这个关键的少数如何带动多数就必须靠沟通。

第三，下属都有与高层领导沟通的强烈欲望。人是感情动物，都有表现自己、推销自己和受表扬受肯定的强烈欲望。需要爱抚是人的本能，许多人寻求与顶头上司建立一种特殊的默契关系，希望得到特别的注意。不然的话会产生强烈的对抗情绪。这种需要与高层领导的沟通是其他的沟通不能取代的，并随着沟通传达者身份的增高而增大。有人言，村支部书记与县委书记谈一次话，能激动一个月，与省委书记谈一次话能激动一年，若能与总书记谈一次话则肯定会激动一辈子，此话虽属戏言，但也不无道理。苏联卫国战争时，一个汽车修理工在零下几十度的冰天雪地干了几个小时的活，其动力只在于："我见过斯大林！"可见高层领导与下属沟通的作用是何等之大。

二、沟通的关键在于组织的高层领导的素质

领导者没有不想成功的，成功的重要因素之一在于学会有效地沟通；沟通要讲效果，而效果的关键在于领导者自身的素质和沟通能力。首先领导要有强烈的沟通意识和欲望。领导者本事大小的重要标准在于你能在多大面上、多大程度上调动下属的积极性。而调动积极性的办法绝不仅仅只有物质刺激一途。根据马斯洛的需求五层次说，除了生理需求层次外，其余高层次的需要都是以精神方面

为主的，而这些需求无不与沟通息息相关。领导的精髓是影响力，通过此可使领导有限的个人力量依靠集体而扩大。影响力的扩大靠沟通，而沟通的实施须靠强烈欲望驱使才能实现。

再者，领导者要有良好的形象。领导者良好的形象是沟通的基础和前提，甚或可以说它本身就是一种沟通。譬如你是公正的形象、爱民的形象，大家对你就有一种信赖感，有话就愿给你说，你说的话大家就愿意听，反之亦然。在一定意义上讲，领导者的形象不属于自己，自己是组织的代表，你的形象应该是组织所需要的那样，希望的那样，而不是你想怎么样就怎么样。你的形象是组织的，你对它只有使用权没有所有权，你只有在使用期间使其增值的义务而没有肆意亵渎形象的权利。

还有，领导要与下属建立良好的沟通，必须要有平等意识，要有真情实感。首先，要有平等意识。真正的平等意识是发自内心，自然而然地表现出来，不是演出来、装出来的。要学会尊重每一个人，因为人对忽视他存在的人是很难有好感的。其次，还要对下属有爱心。一些企业家深有领悟地说："爱你的职工吧，他会百倍地爱你的企业的。"沟通不仅要用脑（智慧），而且要用心（爱心）。有人称此为"爱抚经济学"，是有道理的。再则沟通必须要有真情。沟通不仅要靠脑、靠心，还要靠情。沟通是一种情感活动，如果管理者和被管理者之间的有效沟通是管理艺术的精髓，那么"真情"就是沟通的精髓。有效的管理不但能增进了解，消除误会，同时个人情绪也可以得到宣泄，从而感到心情舒畅，化消极因素为积极因素。在这个问题上不能停留在功利目的上，即停留在"水能载舟亦能覆舟"的层次，抑或只停留在让"士为知己者死"从而去达到自己目的的层次，而应该追求更高的"本来就该如此"层次。在这个问题上任何耍手腕、弄权术的做法都是不可取的，也是迟早会露馅的。

三、沟通的效果在很大程度上取决于沟通方式及其覆盖面

沟通是有目的的活动，沟通是为了达到一定的效果。我认为达成效果的因素应包括四个方面：传达者、收受者、传达内容和传达方式。传达者贵在高（高素质），收受者贵在广（广泛），传达内容贵在真（真实、真情），而传达的方式贵在创新和有效。在此我想重点谈一下沟通形式和覆盖面问题。

沟通的效果，首先取决于覆盖面。在沟通能力一定的前提下，沟通面越大，则效果越好。组织的高层领导要尽可能地使所有的下属都能时刻感觉到他在你的关心之下，也就是说让每个人都生活在希望中，被明确告知自己在组织内部的作用，从而确切地感知自己的存在价值，使每个人的才干和价值都能得到承认和肯定。

要做到这点是非常不容易的。因为一个组织，一般地说，少则几十人，多则成千上万人，高层领导尤其是组织的一把手不讲求沟通的方法是达不到目的的。要达此目的，首先要争取做到能使更多的收受者尤其是中层组织人员都能成为自己的代言人，都能做传达者或沟通者。因此，高层领导要扩大沟通效果，必须首先与班子成员、中层干部沟通，而且要让更多的中层领导懂得沟通，学会沟通，都做沟通工作，从而形成纵横交错的畅通的沟通网络。

诚然，高层领导与中层领导的沟通肯定是主要的沟通，也是扩大沟通面不可缺少的重要一环。但仅靠此还是不够的，因为扩大与所有的下属包括基层群众在内的沟通面是不可或缺和不可替代的。而在此问题上更需要探索沟通的方式。因为人是多样化的，人的需要也是多样化的，所以沟通的方式也必须多样化。

关于沟通的方式，从不同的角度看有不同的分类。沟通可以分为正式沟通和非正式沟通、直接沟通和间接沟通、语言沟通和非语言沟通等。而语言沟通又可分为口头语言和文字语言两种，而且语调、语速、嗓音、口音等都构成了口头语言沟通的内容等。至于非

语言沟通的微笑、眼神、手势、姿态等更是越来越受到重视的沟通方式。其实沟通的方式还不止这些，在一个会沟通的领导眼里，举手投足，音容笑貌，无时无事，无处无人不在沟通。更何况随着科技的进步，认识的拓展，沟通的方式也在不断地被扩大着，沟通的理论也在深化着。比如，电视、广播、互联网等的普及更使沟通变得无所不在、无所不能了。

四、领导要不断地探索沟通方式

关于文字语言沟通。通过文件、文章沟通；通过信件、批件、转件沟通；通过诗歌、散文、小说等文艺体裁形式沟通；通过互联网电子邮件沟通，等等。甚或信手拈来写一便条给某人寄去也可能成为其的"历史文物"珍藏一辈子。有人言领导应少将自己的字条予人以免授人以柄，我深不以为然，为何把人想得如此之坏呢？况且关键看你有无"把柄"。

关于口头语言沟通。通过讲话、谈话、电话沟通；通过捎话、转话、传话沟通；通过吟诗、唱歌沟通等。语言是有灵魂的，俗话云"良言一句三冬暖，恶语伤人六月寒"，我深信其理。领导对下属的一句激励话，可使下属神清气爽，甚至终生难忘，相反，你稍微出言不慎，或该说不说，再或是敷衍应付的说，即可让人长久怀恨，不能释怀。

关于非语言沟通。实际上人的情感表现方式的真伪与人的主观自觉控制力大小成反比。即越能控制的沟通方式作假的可能性越大，反之亦然。弗洛伊德认为，没有人可以隐藏秘密。假如他的嘴不说话，他会用形体说话。因此对于品德高尚、满怀真情的组织领导人来说用形体语言沟通应是重要方面。同理，你欺骗职工的话，你的形体也会暴露无遗。因此，领导应充分运用发自内心的微笑、深情的眼神、亲切的握手、微微的点头、庄重的抚摸等表达情感，这可能给你带来料想不到的效果。记得一个大老板说过他与下属握手谈话时，向来都以柔和的眼神看着对方，其原因只在其任小职员时曾热切地期盼他的上司对他微笑，但他的上司却连正眼都不看他。这事对他的伤害是刻骨铭心的。

最后，我还要说的一个观点是：沟通工作无小事。我们常说的"外事无小事"，实际上就是外事沟通无小事。其实外、内事道理相同。在沟通上，不能忽视小人物，不能忽视小事情，不能满足小成绩，不能忽视小错误。世间万物，有生于无，大生于小。领导应树立"小处不可随便，慎重每一瞬间"的观念。因为你的特殊身份，实际上你可能时时处处都处在无数双眼睛的"监视"之下，而其中大多数的眼睛可能一生只能看到你的一时、一刻、一事、一颦、一笑，而这"一"就"定格"为他的终生印象，并以此为依据评价你、传说你。

关心别人就是关心自己

对管理问题进行研究，泰罗的指导思想是：力图使工人和雇主在利益上一致起来，从而实现高效率和高速度，促进财富的增长和社会的繁荣。我们提把国家、企业（集体）、个人利益一致起来，正确处理三者关系也是这个意思，就个人来讲把责、权、利统一起来也有此意。人人甚至每个组织、集团无不关心自己的利益，你自己的利益是在为别人服务——是在关心别人的利益中实现的。"科学"的任务就是把这种不自觉的、被迫的"关心"变为自觉的、主动的关心。如《熊猫咪咪》歌词中唱的："请让我来关心你，就像关心我自己"一样。关心别人就是关心自己，损害别人也就是损害自己。我在任县委书记时说过一段话："你想让我关心你的待遇、升迁，你就得关心我交给你的工作；你关心我的工作，我就关心你的利益。相反，你只知道关心自己的利益，我就不关心你的事情了，因为那样不公平。"此虽属戏言，倒也把道理讲明白了。

从名著产生方式想到的

美国著名管理学家巴纳德的管理学名著《管理的职能》一书是其于1937年11月至12月期间，在波士顿洛维学院的八场报告而成。同样是美国当代知名管理学家西蒙的管理学代表作《管理决策新科学》一书也是以他在纽约大学的讲演稿为基础写成的。为什么许多名著都是一些演讲稿辑印而成，或本身就是一篇演讲稿呢？

我想，第一，是要账要出来，逼出来的；第二，是有针对性地写出来的；第三，面对许多高水平的听众，互相交流，甚或发问，也促使一些思想火花的迸发。当然，远不止这些，最根本的因素还是他们有雄厚积累和精深造诣。但我要说，他的积累和造诣以这种方式表现出来也能说明一定的问题。据此，我们就可以推想，是不是同样有些有造诣的学者因没有这样的表述机会从而使其宝贵的学术思想老死腹中呢？

请不要放过机会：有思想就讲出来，录下来，不仅为自己，也为别人，为社会。

第八辑

其他篇

挂一漏万说科学与宗教

何为科学？从字面上来理解，一科一科的学问叫科学，分科研究的学问叫科学。

宇宙万事万物、时间空间本来是一个整体，是无限可分，又是密不可分的。

可以分科吗？可以，又不可以。

整体的东西太大了、太远了，无法把握，于是就分门别类即分科去研究，这是必要的。科越分越细，分支越来越多。有分析就有综合，但一科一科的东西综合起来就是整体吗？绝不是！因为宇无限，宙无穷，科学有限，宇宙无尽，以有限类无穷，永远不成比例。李谨伯曾说过："我们应该知道，化学、物理学、医学，科学正确的名字应该叫地球条件下的化学、物理学、医学，如果时空条件一变，这些科学的规律也就不起作用了。"那宇宙整体就无法接近乃至穷尽了吗？也绝不是！研究宇宙的方法可以有两种，一种用脑袋，一种用心灵；一种用分科，一种用综合；一种用科学，一种用宗教；一种用"为学日益"，一种用"为道日损"，等等。前者即科学的方法，自有它的作用，十分宝贵，不可或缺，但仅仅用此方法也是绝然不够的。因此必须用第二种方法，在某种意义上说，它比第一种办法更重要。有没有这样的人呢？当然有！如老子，如释迦牟尼，如耶稣，如苏格拉底等。

爱因斯坦说，科学没有宗教，是跛足的；宗教没有科学，则是盲目的。

没有科学是万万不能的，

但科学绝不是万能的；

迷信宗教是万万不行的，

但没有宗教情怀也是不行的。

应该学点宗教文化

人应该有点宗教情怀，应该学点宗教文化知识。

人不能只了解一种宗教文化知识，应该对几大宗教的文化知识都有所涉猎。

毛主席曾说过："群众有那样多人信教，我们要做群众工作，我们却不懂得宗教，只红不专。"

世界上80%以上的人有宗教信仰，其余20%不信宗教的人，中国人居多。而这些人口中，谁又能不承认，会有相当多的人虽不是教徒，却可能在烧香磕头呢？

宗教影响了世界几千年，几乎与人类文明史同步；宗教几乎影响了全世界所有的人，宗教还将长久地、广泛地影响下去；宗教影响到了人类的政治、经济、文化等方方面面，几乎无所不在。要了解历史、了解现实、了解未来，不能不了解宗教；要了解不同的民族、不同的国家、不同的文化，不能不了解宗教。

中国亦然。不管你自觉不自觉，任何一个中国人无不受儒、释、道三种教派文化的熏陶、滋养，已深入骨髓，融入血液，不以你主观意志为转移。唯其此，你才算一个"中国人"。你是否是"中国人"主要的不是看你的长相，而是看你的文化传承、思维特质和价值取向。

与其被动地、不自觉地、零散地掌握宗教知识，不如主动地、自觉地、比较系统地学习些宗教知识。若此对加强修养、提升素质、做好工作，不仅没有坏处，而且是必要的。

办法困难一样多

人言：办法总比困难多。

我言：办法困难一样多。

何也？办法总是针对困难而设的，有多少困难就有多少办法，无困难即无所谓办法。困难解决不了，就老得想办法，旧困难解决了，新困难肯定会又出现。困难与办法，魔高与道高，层层演进，阴阳平衡，相续不穷，永无止境。

忽忆起南宋诗人杨万里诗《过松源晨炊漆公店》，可为此做注脚：

> 莫道下岭便无难，
> 赚得行人空喜欢。
> 正入万山圈子里，
> 一山放过一山拦。

关于真善美

求真、向善、审美是人类社会永恒的追求。

托马斯·阿奎那认为，人生的最高幸福就是欣赏真、善、美，而绝对的真、善、美就是上帝本身。人的幸福就在于达到上帝的本性。

丰子恺说，圆满人格像一个鼎，真、善、美好比鼎的三个足。美是皮肉，善是经络，真是骨肉。这三者支撑起一个大写的人。

科学侧重解决真的问题，但有时却解决不了善和美的问题；伦理、宗教侧重解决善和美的问题，但有时却解决不了真的问题。

美不是客观的，是科学不能解决或不能完全解决的。

官方意识形态更多的是解决"真"的问题，民间信仰系统和传统文化更多地解决善和美的问题。这是两个不同的系统。

蔡元培曾提出，要用美育代替宗教。

幸福就是和谐

英国哲学家莱布尼茨说："幸福就是处在和谐状态。"此言不谬。和谐是分层次的。1. 身体要和谐；2. 心理要和谐；3. 身心要和谐；4. 自己与他人、与社会要和谐；5. 社会各人群要和谐；6. 人与自然、宇宙要和谐；7. 人与上帝要和谐。难怪莱布尼茨还有下半段话："最大的和谐或幸福需要使自身融进宇宙的和谐，而宇宙的和谐就是上帝。"

读卢纶诗的启发

唐诗人卢纶诗《和张仆射塞下曲·其二》：

> 林暗草惊风，
> 将军夜引弓。
> 平明寻白羽，
> 没在石棱中。

射箭入石的原因：

一、目标明确。

二、信心坚定。

三、用力致之。

四、"神力"所致，金石可镂！

不 求 甚 解

对陶渊明"好读书，不求甚解"的意趣，历来见仁见智，莫衷一是。我最近读书沉思忽有一得：不求甚解是一种明智，亦是一种境界，还是一种老实的态度。一者，不可能"甚解"，二者"甚解"不是硬求的；三者，凡有解，未必是原解，大都是"见仁见智"之解；四者凡有解，均是有限的，而无解则是无限的。此与"道可道，非常道"有异曲同工之妙。

是是非非

是非这个词有两层含义。一层是说要把事情的真实情况搞清楚，即我们常说的"要搞清是非曲直"的意思。第二是专指那些好招是惹非的人说的，比如说某人很是非，是个是非人，即是此意。

一位老干部刻了一枚闲章，叫做"是是非非"，人多不解。他解释说，此并非招惹是非，或感叹人生的意思，而是转引的《荀子·修身》篇中的意思："是是非非谓之知，非是是非谓之愚。伤良曰谗，害良曰贼。是谓是，非谓非曰直。"这里的"是是非非"，其中的第一个是和非是动词，第二个是和非是名词。意思是说，人应该有是非观念，要敢于"是"那些"是"的，敢于"非"那些"非"的。这是一种很高的境界，它要求不仅要有智慧，而且还要有勇气。首先要知道何为是，何为非，然后还得敢于是是，敢于非非。世间万事都应该有是非，人应该有是非观念。但是非有时是很难辨别的，也不能否定有些事情是非常复杂的，是变化不居的。有时除了是和非两种状态外也有非是非非的状况。况且就算知道是非，有时也未必敢坚持。这也如"实事求是"一样，一直在喊，现在仍在喊。为什么喊，就是因为它仍落实得不够好。

好了，下面我想说第二层含义，即贬义的"是非"。所谓的"是非"人，无非有以下三种情况，一是爱打听"是非"，二是爱挑拨"是非"，三是对"是非"特别敏感，很在乎"是非"。其实这都是大可不必的。人应该大度一点，厚道一点，应有点大智若愚的境界，而不能太敏感。古语："世上本无事，庸人自扰之""谣言止于智者"，还是有道理的。好多是非是说出来、听出来、传出来、挑出来的。有许多人很可怜，人家一句话，就可以叫你暴跳如雷，第二句话就令你泪流满面。值得吗？这样你不就成牵线木偶，别人不就成导演了吗？

情贵在操

明吕坤《呻吟语》云："万物生于性，死于情。故上智去情，君子正情，众人任情，小人肆情。"其实，万物生于性，然；死于情，未必然。君子正情，然；上智去情，未必然。情，去不了，也似无必要去掉。情操，情操，情贵在操；操守，操守，操贵在守。

畏法者最幸福

近读到一则史料，一日朱元璋在朝问大臣，何事最幸福。有答洞房花烛者，有答金榜题名者，朱均不以为然。一臣言："畏法者最幸福。"朱大加赞赏。此予人以深思。世之最不幸福者乃身陷囹圄失去自由乃至遭刑戮者，而此即违法所致，而畏法者似不至于违法，故畏法者最幸福。"畏法"者，还可推及之，"畏纪""畏章""畏规"等，均此理。遵法规者最自由，违法规者最危险，若飞机之循航线、火车之循轨道者，出航线、出轨道者轻者会头破血流，重者致粉身碎骨。照常人看畏法、循轨、受戒者定会失去些自由，何能不感痛苦呢？实则非苦而甜者也。话至此，我想举一段我在邢台净土寺与一吉林籍年轻僧人的对话说明此问题：

我问："您受的是什么戒？"

答："受的是菩萨250戒。"

问："您年纪轻轻的受如此多的戒律不感觉痛苦吗？"

答："我非但不感到痛苦，反而感到很幸福。试想，戒律如水，我如鱼，我生活在戒律中如鱼得水，而离水则不能生存矣。"

惜　福

古语云：惜衣惜食，非为惜财缘惜福，求名求利，但需求己莫求人。此语确然。人一生的福是个常量，享一点少一点；一生的苦亦是一个常量，吃一点少一点。先吃苦的人后享福，先享福的人后吃苦。近日读《古兰经》云："这等人，是以后世换取今世生活的，故他们所受的刑罚不被减轻，他们也不被援助。"我理解"这等人"即是不知惜福之人，把以后的福乃至后世的福都挪到现在、挪到当世来享了，所以会受"刑罚"、会"不被援助"。《易经》曰："自天佑之，吉无不利。"人佑天佑，自助天助。

别　尽

人们常说做人做事要尽心、尽意、尽情、尽力。话虽这么说，但还是不尽为好，实际上也不可能尽。再说，尽了就没有了，凡事还是留有余地为好。明代吕坤在《呻吟语》中云："人生得有余气，便有受用处，言尽口说，事尽意做，此是薄命子。"此语发人深省。

《葬花词》联想

《红楼梦》之《葬花词》中有以下四句："怪侬底事倍伤神，

半为怜春半恼春。怜春忽至恼忽去，至又无言去不闻。"读到此，我忽有所悟，其中之"春"不也可理解为"生命"吗？若是，可改为："怪侬底事倍伤神，半为怜生半恼生。怜生忽至恼忽去，至又无言去不闻"。如此，可说寄寓了我这段时间的一些感慨！

想起一段毛主席语录

突然想起"文化大革命"时常念的一段毛主席语录："下定决心，不怕牺牲，排除万难，去争取胜利。"好有感悟啊！你当"争取胜利"那么容易吗？你真的下"定"决心了吗？你真的不怕把命搭上吗？你真的排除"万难"了吗？若此，不取得胜利才怪呢！不若此，不能取得胜利，也只有从自己身上找原因了！

要精，要管用

关于学习，邓小平有句名言："学马列要精，要管用。"要精，首先对学习内容要精选，要选经典，对精选的经典要精读、精研，要精通。只有精，才能通。要管用是说，首先要明确，学习是为了用，要拣有用的学，学了要用，学了要真管用。

是不是社会主义

邓小平讲，"贫穷不是社会主义"。我体会，"只不贫穷也不是社会主义"。即社会主义不仅要有经济上的不贫穷，还应有政治上的不落后和文化上的不愚昧。物质、政治、精神，三个文明协调发展才是社会主义。

时间与知识

邓小平讲，教育要面向现代化，面向世界，面向未来。我理解，就是要开放办教育，办开放型教育。开放者，就是要向"时""空"开放。世界是空间概念，未来是时间概念，空间中有时间，时间中有空间。而现代化则本身就是个时空概念。教育既是对别人的教育，更是自我教育。自我教育亦要放开胸怀、放眼时空。学历史知识要把握时空，学现代知识亦要把握时空。把握历史、现实知识的目的则是为了把握未来的时空。事实上，时空本来就是不可分的。过去、现在、未来，东西南北中，十方三世,本来一体。

硬 道 理

邓小平言，发展是硬道理。

经济、社会发展是硬道理，个人的发展亦是硬道理。事业发展、能力发展是硬道理，综合素质发展、道德品行发展更是硬道理；自己发展是硬道理，影响、带动别人发展，更是硬道理；今天发展是硬道理，好好学习，锻炼身体，为了明天、后天可持续发展更是硬道理。

唤 醒 他

拿破仑说过："中国是一头沉睡的狮子，当这头睡狮醒来时，世界都会为之发抖。"中国是由中国人组成的，唤醒中国就是要唤醒中国人。其实每个人都是一头睡狮，要把这个"人"，这个潜在的、灵性的、本体的人，这个"睡狮"唤醒的话，每个人都会震撼社会的！

为什么非要问为什么

想吃就吃，想喝就喝，冷了就穿衣服，寂寞了就找人聊聊，困了就睡觉。有的人想读书，有的人想散步，有的人想游泳，有的人想打坐。什么事都有个原因，有的事原因似乎很复杂，有的事原因又出奇的简单，其实它既复杂又简单。有的事似应该问个为什么，但也未必。为什么非要问为什么呢？物来则应，物去不留。不要什么事都搞那么复杂，都搞那么"高尚""严肃"。有些事之所以想做，仅仅是因为他想做，而这样做也未必不高尚。孔子尚言："知之者不如好知者，好知者不如乐知者"嘛！

说到此，引用两位大人物的话，或许可说明我此论并非"大逆不道"。

恩格斯认为："纯学术研究，为学术而学术的精神，是德国的光荣伟大的理论兴趣。"

爱因斯坦说："有些科学家向往科学的动机，是因为科学给他们超乎常人的智力上的快感。"

《林肯的领导艺术》读后感

　　此书不是现在读的，这个读后感也不是现在写的，是1997年5月21日在该书上写的。前几天又翻出了这本书，浏览了一遍，遂把此读后感记在这里：

　　1997年5月21日早，阅于石家庄华都大厦。这是一本给人启迪，非常值得一读的书，是我读过的最好的书之一。应像找好朋友一样地去找好书，也应像找好书一样去找好朋友，尽管这两者同样不易，但一旦找到会终身受益。此书描述的是如何做领导，而做领导的基础是做人。此书描述的是一个普通人——一个各方面条件都先天不足的人，如何通过自己艰难而不懈的努力攀上了金字塔顶的。我认为结果并不应该是最主要的，在一定意义上说，过程更重要。这不仅是说，有了好的过程，往往就会有好的结果，而且是说，过程本身也是一种乐趣，更是一种对后人、对别人的贡献。即使自己没有成功，但毕竟为人类向更高层次迈进创造了条件。阅此书与前几天读过的意大利作家马基雅维利的《君主论》的主要观点针锋相对。孰是孰非？当然角度不同、目的不同、出发点不同，但都说明了一定的真实。我更信此书，更愿按此书的意见去做。因此书教人向上、向善、向前！

我 的 理 解

　　读书看到蒙田的一句话很有意思，遂给两位朋友发了过去："世界上最大的事莫过于知道怎样将自己给自己。"俄顷，两个朋友几乎同时给我反馈回信息："怎么讲？不理解。是否半截话？"我回信息："否。"我理解：世界上最能关心自己的是自己，最能伤害自己的也是自己，关心自己就是关心他人，伤害自己就是伤害他人。人应该最大限度地把功夫下在修养自己、提高自己上。如是，一切即在其中。而后，两朋友没再回信息。

从富兰克林的话想到的

昨天到邯郸市一中，见到一条富兰克林的语录：读书是易事，思索是难事，但两者缺一，便全无用处。此言极深刻，与孔子"学而不思则罔，思而不学则殆"之意相近。但现今的人呢，可说不爱读书的多，爱读书的少；爱读书的多，爱思索的少，而把读、思二者结合起来的就更少之又少了。难怪现在"毫无用处"之人在增长，可算找到原因了。哈哈!

环境的作用

英国教育家怀特海说："环境可能阻止某些类型的才能，使它无法产生结果。承平时代将军便无用武之地。"

这样的情况太多了，简举两例：第一，我国在极左的时代，以阶级斗争为纲，何能产生真正的经济学家和企业家呢？第二，在官场不正之风盛行的环境下，又如何能产生更多的清廉、正直、有个性的官员呢？

要多存些道德资本

俄罗斯教育家乌申斯基在《人是教育的对象》一书中指出："良好的习惯乃是人在其神经系统中存放的道德资本，这个资本不断地增值，而人在其整个一生中就享受着它的利息。"好的习惯越多，树得越牢固，资本就越多，利息就越大。如果你没有养成良好的习惯，那你就没了资本，你就只能是属鸡的："刨一把，吃一把"。如果你养成了恶习，那么就等于是欠了一笔永远还不清的债，一辈子都要付出利息。

找人、找书及其他

人在找书，
书也在找人。
人找到好书是人的幸运，
书找到"好人"是书的幸运。
其实，能否找到"好人"，
对书来说，是无所谓的事，
因此，人找到好书和书找到"好人"，
都是人的幸运。

学生在找好老师，
老师也在找好学生。
学生找到好老师是学生的幸运，

老师找到好学生是老师的幸运。
其实站到更高的角度来看，
无所谓好，也无所谓坏，
全在于你以什么态度去对待。

比如说，
就算你即时未遇好老师，
但世上何人不老师呢？
只要你是"好学生"，
"好老师"就会出现在你面前。
就算你即时未遇好学生，
但你能把"坏学生"教好，
不是一件更幸运的事情吗？

延伸来讲，
医生与病人，
领导与下属，
家长与孩子，
同理。

裂变、聚变及其他

　　裂，即分裂，是一个变多个；聚，即聚集，是多个变一个。核裂变是一个原子核分裂成几个原子核的变化，原子核在发生核裂变时，释放出巨大的能量称为原子核能。核聚变的过程与核裂变相反，是几个原子核聚合成一个原子核的过程，核聚变也会释放出巨大的能量，而且比核裂变放出的能量更大。我讲这些常识性的东西不是就原子能而讲原子能，我是想就"裂变、聚变"之原理作些引申思考。因为在不同领域乃至不同地域，尽管有许多不同的事情，但其基本原理都是有其相关性的。下面且听我道来。

裂变、聚变这种变化，一个是由总到分，由一到众；一个是由分到总，由众到一。这可对应思维认识领域中的分析与综合。分析与综合是在认识中把整体分解为部分和把部分重新综合为整体的过程与方法。两种方法各有必要性、重要性，通过这两种方法都可达到认识和把握客观规律从而产生效能的结果。

裂变、聚变，一种是外向型、发散型的，一种是内向型、集中型的。这可对应两种思维方式或两种性格特征，即扩张、开拓型和谦和、内敛型。两种性格也各有千秋难分优劣。

由以上分析还可对应地引申到东西方文化、宗教、国民性格的差异。这突出地可表现在西方基督教的十字架符号与东方道教的太极符号。十字架是方，太极图是圆；十字架是时空，太极图是圆融；十字架是外向，太极图是内敛；十字架是分析，太极图是综合；十字架是裂变，太极图是聚变，等等。这种对应虽非完全准确，但也不无道理。

好了，接着再向其他领域引申，比如中医与西医的不同。中医重综合，西医重分析；中医重定性，西医重定量；中医重病的人，西医重人的病；中医重自然养生，西医重理化疗治，等等。

其实这样的对应还有很多很多乃至无穷。这足以说明，自然与社会、物理与生理、性格与思维方式等的道理是相通的。裂变与聚变都是必要的，一个可制造原子弹，一个可制造氢弹，核裂变产生的能量巨大，核聚变产生的能量更大。同时，分析、外向、开拓是必要的，综合、内向、虚静也是必要的，有时可能更必要。贵在把两者结合起来，相互取长补短，那么它的效用一定会更好。

第九辑

读书感言篇

请爱书吧

书是诲人不倦的良师，

书是永不变心的挚友，

书是终身呵护你的发妻，

书是自度度人的舵手。

当你饥饿的时候书是食粮，

当你患病的时候书是良药，

当你忘乎所以的时候书是警钟，

当你意志消沉的时候书是号角。

书能把贫穷变成富裕，

书能把俗气变成高雅，

书可将弱体变得强健，

书能把愚钝者变得神通广大。

如果说，

不读书的人生是无知的人生，

不读书的领导是庸碌的领导的话，

那么，

一个不读书的社会将是何等的野蛮、可怕！

请不爱书的人早点爱书吧，

请爱书的人爱得更深吧！

你爱她多早，她回报多早；

你爱她多深，她回报多大。

加减乘除，分毫不差。

我 与 书

每到一地，最想去的地方是书店，

每到一家，最想看的地方是书橱，

每当出门，最想带的是书，

每当有点时间，最想做的事是读书，

每当与人交往，最想问的事是"你近来读什么书"。

你要问我一生最大的愿望是什么，我会回答：想留下自己写的书。

我对书店多的地方、对书多的家庭一直另眼相看；我对读书多的人，对写好书的人一直崇敬有加；我对那些赠我、荐我好书的人，对那些指导我读书的人，一直心存感激。

书 与 友

书是友，友也是书，好书如好友，好友也如好书。应该像发现好友那样发现好书，也应该像读好书那样去读好友。如果你交了不同行业、类型的朋友，就等于在你的面前打开了一本本活生生的、引人入胜的好书。古语云："听君一席话，胜读十年书"，这种说法固然有夸张的成分，但在读书不能代替交友、不能代替听"君"讲话这一点上则是肯定的。读好书不能代替交好友，交好友也不能代替读好书。朋友只能是现时现在的，但好书则可以是古今中外的；交朋友的层次是有限制的，但用读书的方式可以随便和三教九流交谈；朋友可能背叛你，谈话也有诸多制约，但好书则日夜侍候在你身旁并永不变心。

购买了书就等于与书结交朋友了吗？未必。如同有一面之交的人未必是朋友一样。读了书就等于与书是朋友了吗？未必。如同与有的人共事多年但仍形同陌路一样。那么如何与书交朋友呢？就是把书读熟、读透、读通了，消化、吸收、有感应了，对你有帮助、有教益了，这才是朋友。当然好书才能成为好朋友。

不可无友，不可无书；书不能代替友，友也不能代替书。

别　忘　书

出行时间再短也要带书，
工作再忙也要读书。
经济再拮据也要买书，
住房再狭窄也要藏书。

别认为读书仅仅是读书

读书固然是读书，
读书不仅仅是读书。

读书就是读人，
读人的形形色色；
读书就是读心，
读心的奇妙绝伦。
读书就是读社会，
读社会的五彩纷呈；
读书就是读景，
读景的柳绿花红。
读书就是读事，
读事的是非曲直；
读书就是读理，
读理的幽妙玄通！
读书就是修心，
真理会洗去心灵的垢污；
读书就是修行，
一切行步全是心步；
读书就是交往，
你可与圣哲为友为伍！
读书就是休闲，
你会领略无垠的胜景；
读书就是养生，
读书可使身心无限地放松；
读书就是优化命运，
你的品德修养会节节提升！

读书是读书，

读书又不是读书；

读书什么都是，

读书又什么都不是。

如果你读好书，

如果你好好读书，

读书便什么都是；

如果你读坏书，

如果你不好好读书，

读书便什么都不是。

读书偶感

我爱书。

少儿时期的我

最爱看《西游记》人物的荒唐；

青年的时候却钦佩

《水浒传》英雄的慨慷；

中年时在《三国演义》中

汲取历史知识；

而在没有阅历时

却怎么也无法理解《红楼梦》的

意味深长。

我还是我，

但不同时期的我，

读书兴趣大不一样。

何止如此呢，

就说同一本书吧，
儿时的我看到的都是
小孩的世界；
而随着我的成熟
好像书也在随着我成长。
还有，
我心情好时，
书中的人物都对我眉开眼笑；
而我遭受挫折时，
却见字里行间充满忧伤。
这本书根本没有变化，
变了的是我的心情，
我的眼光。

或有人问

　　或有人问：你认为有值得天天读，值得不厌百回读的书吗？我答言：有。又问：举例说明。我答言：相较自然科学类的书，我更喜欢社科类的书；相较其他社科类的书，我更喜欢人文类的书；相较现代人文类的书，我更喜欢传统人文类的书；相较庞杂的传统人文类的书，我更喜欢儒、释、道的经典书。又问：具体点。我答言：若儒之四书五经；释之《金刚经》《六祖坛经》；道之《道德经》《庄子》等。请听清楚了：我说的是"相较""更喜欢"，而不是说不喜欢、不读其他的书。

读书读什么

读书不仅仅是在读字，更是在读文；不仅仅是在读文，更是在读书；不仅仅是在读书，更是在读书背后的那个时代；不仅仅是在读时代，是在读书里的那些人，读那些人的立场、观点、方法，读字里行间中隐藏着的不可言传的思想。读书是要把自己摆进去，与那个时代、那些人如面如语、如契如合。若此方有受用。

好书不可不读

好书不可不读，

经典不可不诵，

名篇不可不背，

有疑不可不问，

哲理不可不思，

有得不可不行。

读书听话做学生

常言：读毛主席的书，听毛主席的话，做毛主席的好学生。

吾言：读圣贤的书，听圣贤的话，做圣贤的好学生。

毛主席即是圣贤。

常言：毛主席的书，我最爱读，千遍万遍下功夫。

吾言：圣贤的书，我最爱读，千遍万遍下功夫。

毛主席的书即是圣贤书。

什么是最值得读的书

看它流传了多长时间，

看有多少人喜欢它，

看喜欢它的是什么层次的人。

流传时间长的书，

读者多的，

尤其是高层次读者多的书，

就是最值得读的书。

读书的类型

读书，有不同的类型，不同的层次。我觉得起码有以下几种：

一是翻书。随便、随时、随地、随手翻翻，自由自在，无甚目的，无甚压力，这都是对付一些轻松的消遣书的方法，也可作为一些无所事事者或无所事事时的一种方法。二是念书。念书嘛，要出声，要照本宣科，这大都是在学校尤其在小学里的办法，或一些学究沉浸在忘我境界时摇头晃脑吟诵的情态，是为了达到一定目的的读书方法。念的目的是为了记书，为了背书，当然有的是一种爱好，因此念书应该是非常必要的，起码是"翻书"层次无法比拟的。三是看书。这种层次属于有一定目标，但不见得太明确；有一定压力，但压力不大；能学一些知识，但不见得能学深学透的那种方式、类型。故并不是太高的层次。四是读书。真正称得上的"读书"可不是一件小事，"读"包括求学、求知、求解的意思。不信你看，有人说"读大学""读学位"，但肯定不能说翻学位、看学位，就说明这个道理。

以上四种层次有递进关系，一般地说，读书包括翻书、念书、看书，也离不开这三个层次，但在严格意义上讲，前三种层次都很难叫真正的读书。"翻书"是用手多，"念书"是用口多，"看书"是用眼多，而读书则不仅用手、口、眼，而且更多的是用心、用脑、用情、用智，等等。前三种类型的读法可能是消遣、愉悦，充其量加上记、背的成分在内，而"读书"则是一种主动、自觉、消化、吸收的过程。前三种类型尤其是"翻""看"的层次可能目的性不是太强，而"读书"则是求索、考证、探究的过程，是一种有目的的艰苦的再创造过程。只有"读书"，才能真正地把书据为己有，为我所用，而其他类型可能是"借"：用了一下后又原封不动还给人家了。不同的层次有不同的需要，就是真正的读书人有时也需有随便"翻"的习惯，有"念"的时候，有"看"的兴趣，但这些不能代替读书。一切有志者都必须下决心把前三种层次提升到"读书"的层次。

其实，就说真正意义上的读书，也可以分成若干层次。比如说泛读、精读、研读、攻读，等等。当然这些说法各有不同的所指，但大体可归为"泛读"和"精读"两种类型。这两种类型，各有长短，互为补充，互相促进，都是必要的。泛读如广种薄收、大田作业，精读如精耕细作、园艺科学；泛读如井面，精读如井深。不泛读难于广博，不精读难于高深。同时，无面无点，无点无面，不泛无精，不精无泛。博识家多浅，专门家多悖，还是结合起来好。因此既要广泛全面地涉猎吸收知识，又要对好书、经典书深读、苦读、反复读，读进去，读出来，把薄书读厚，再把厚书读薄。这样"折腾"几个来回，甚至是一辈子，方才能说这些书成了自己的，方能说读懂了这些书，只有这样才能真正地称之为"读书"。

读书习惯的养成

读书的好处自不待说，别说有点文化的人，就是一个大字不识的人也深知读书的重要，也会自己省吃俭用、勒紧腰带供子女读书学习。既然如此，为什么社会上不爱读书的人还是那么多呢？个中原因是多方面的，但不能不说与观念有关：读书是苦差事。因为怕苦所以不读书，形不成习惯，所以就更不读书。因此要让大家形成读书的习惯，首先要让大家认识到，读书固然有苦，但更有乐，苦中有乐，苦后得乐，甚至不觉其苦，但得其乐。孔子曰：知之者不如好之者，好之者不如乐之者。读书既然重要，而要让其坚持，只让其"知之""好之"还不够，还必须使其"乐之"才行。古人云："天下第一件好事，唯读书而已。"读书之乐，其乐无穷。古人读书可以不思饮食，流连忘返，如渴鹿奔泉，又若六月饮雪。读书未罢，则食不甘味，寝不安席。孔子读书，不知老之将至。陶渊明读书欣然忘食。白居易读书，口舌生疮，手肘成胝，青灯黄卷，而自得其乐，读书的魅力，由此可见。

从上可以看到，读书和其他事一样，也是可以上瘾的。待到读书上瘾，以书为乐时人们会把不让他读书看成是最大的惩罚，就和不爱读书的人把让他读书看作最大的惩罚一样。

觉着读书"乐"恐怕不是天生如此，这需要有个培养教育，有个习惯成自然的过程。世界上有许多民族喜爱读书，人们常提到的有冰岛人、芬兰人、俄罗斯人、英国人等。但比较之，人们发现犹太人更喜爱读书，而且更善于读书。犹太人的求知欲，是从小接受家庭教育养成的。当小孩子稍懂事时，母亲会在《圣经》上滴一点蜂蜜，叫孩子去吻，让孩子知道书本是甜蜜的。当孩子稍大一点，几乎都要回答这样一个问题：假如有一天房子被烧，财产被抢光，你将带着什么东西去逃命？如果孩子回答是金钱或钻石，母亲会进一步启发地问：有一种没有形状，没有颜色，没有气味，但却更宝贵的东西，你知道是什么吗？要是孩子回答不上来，母亲会告诉孩子：是智慧。而智慧则要靠读书得到。试想在如此环境熏陶出来的人怎么会不以读书为乐呢？怎么能形不成读书习惯呢？俗话说"只管耕耘，不问收获，一分耕耘，一分收获"，我认为耕耘行为，收获习惯；耕耘习惯，收获性格；耕耘性格，收获命运。所以你要想有好的命运，就必须有好的性格，好的习惯、好的行为。而其中最重要的就是马上行动起来，从读书行为开始。如果读书行为形成习惯了，那么你的前途也就有望了。因为有了好的读书习惯就可以随时、随地、随手把古今中外的任何大师请来，虚心向他们求教。可以无时无刻无处不汲取营养。"名师出高徒"，高徒者，高出师傅之谓也，你没有前途才怪呢！

读书的最高层次

读书的"最高"层次，是相对而言的。况且什么算最高，也肯定是见仁见智、百人百说，不会有定论，也无须定论。故我言之"最高"，也只是"管窥孔见"矣。

英国诗人柯勒律治把读书分为四类：即沙漏，进去多少，流出多少，头脑中毫无痕迹；海绵，全盘吸收，挤出来原封不动，甚至还脏了些；滤豆浆的布袋，豆浆流出来，留在里边的全是豆渣；采宝石的苦工，淘汰矿渣，只拣纯净的宝石。这种划分无疑是准确生动的，但我认为还是不够的。"采宝石"式读书固然是一种高层次的读书，但很难说是"最高层次"。因为"宝石"是自然界固有之物，采之其不会增，不采其也不会灭，况且"采宝石"辛苦倒辛苦，但终算不上创造。故最高层次的读书应是"采矿、冶炼、加工"，并不断地产生出新的产品。即读书要读出智慧，读出思想，读出创造来。

我们常说"开卷有益"，其实不然，读好书，会读书，则"开卷有益"，否则肯定有害；我们又常听说"尽信书不如无书"，这就是没有读出自己的见解、自己的判断的原因。我们又常见一些人"读死书，死读书"，以致造成"读书死"，成了"书呆子""腐儒"和"书架子"，也都是读进去了，而没有读出来，没有读出思想的结果。

古人曰："人人皆可为尧舜。"李白曰："天生我材必有用。"一定意义上讲，此言不谬。其实人都是可以称为天才的，起码在某一个方面是如此。不信，你在天才的书籍里，常可读到特别令人信服的情节、语言和思想，而你和它又是那么"面熟"。为什么？因为有共鸣，什么叫共鸣？就是你也曾有过这样的想法，只不过你没有把它记录、归纳、提炼出来而已。随着人类学识的渐增，我们必将悟出许多前人所不知的东西。这并不证明我们比前人聪明，而是我们站在了前人智慧的基石上来看世界，所以看到的固然要多。而我们的后人看到的比我们多，又是因为我们把基础又增高了那么一毫一厘的缘故。我们读出思想、智慧，就是在做加厚基础的工作。

一个人成熟的标志，就在于有自己的思想。这不全在你读了多少书，学了多少知识，而是在于你能否将这些知识运用到实践中，是否又创造出了新的知识。所以有人说："知识不是力量，知识只有转化为思想、能力，才能成为力量。"这是有道理的。犹太民族是世界上最爱读书的民族之一，而他们却把死读书，仅有知识而没有才能的人比喻为"驮着很多书本的驴子"。因此，只有你读书、学书，而又不迷信书、不唯书，借鉴别人的东西来充实自己的思想，你才算成熟了，进步了。

鲁迅先生说过，"倘只看书，便变成书橱，即使自己觉得有趣，而那趣味是在逐渐硬化、逐渐死去了。"这话非常深刻。人说鲁迅的骨头是最硬的，其实鲁迅晚年体重不过三四十公斤，衰弱得很，说他骨头硬，实际上是他的思想硬、气节硬。而他的思想硬正是读书读到最高层次的结果。

有人说过，不如马克思，不是马克思，等于马克思，不是马克思，超过马克思，才是马克思。这话与"见与师齐，减师半德，见过于师，方堪传授"的说法有异曲同工之妙。我思之，"超过"者，并非全面超过，超一点总是可能的，是可贵的；"超过"者，非超越者比马克思聪明，而是因为他站在了马克思的肩膀上。如果永远站在巨人脚下顶礼膜拜，那么，人类不仅会停止不前，而且会倒退。

读书、阅报、看电视等

先有书，后有报刊，至于电视网络，则是近些年的事了。所以三者要序齿的话，电视网络肯定是孙子辈了。

古时读书读的是竹简书，故有孔子读书"韦编三绝"之说，形容读书多称"学富五车"。要按现在的光盘算，别说"五车"就是一车也可把全世界的知识拉来很大一部分，故谁也不可能如此"学富"。你别看报纸资格浅，但它兴起之时，却对传统之书形成了极大的冲击，以至于许多人的读书被读报取代了。其实对书冲击最大的还是电视和网络，别说许多小孩只看电视只玩电脑不爱读书，就是许多成人乃至读书人也不能不把相当的时间交给了电视和网络。所以，电视和网络对人的影响，已经强大到了无以复加的地步。

当然，电视和网络的普及是不可逆转的，且也应该说是一种学习的渠道，但它的副作用是显而易见的。难怪当年作为电视大国的日本人早先就曾慨叹："电视正在把日本一亿人白痴化。"此言虽属过激，但也不无道理。不管怎么说，电视和网络对读书的冲击不可低估，而看电视和上网吸取知识无论如何是不能替代读书的。当然我与电视、网络无冤无仇，也不是否定电视和网络，电视和网络的大部分节目也是不错的，其必要性是不可替代的。我在这里主要是就读书的意义来评价电视的。

好了，暂且不说电视了。说说读书和阅读报刊的关系吧。看电视不能代替读书是肯定的，而事实上阅读报刊也照样不能代替读书。真正意义上的书，是凝结下来的固体知识，是经验的结晶体，而报刊总体上可以说是流动、变化、液态的知识。书是树根、树干，而报刊是树枝、树叶；书是根基、楼体，而报刊则可能是家具、装潢等。读书不能代替读报刊，读报刊更不能代替读书。只读书而不读报刊，那么你的思想可能封闭、守旧、落后，只读报刊却不读书则肯定会使你的知识像浮萍、水草，像无本之木，变化不居。真正的好书是没有失效期的，甚至会随着时间的推移而使其价值与日俱增，会使你百读不厌；而报刊则每天都是新面孔，且同样的内容会一天和一天说得不一样。难怪有一则漫画：快开饭了，一家人坐在餐桌前等着。题目是"等报纸"，即看看报纸上今天说吃什么好，怎么吃好。因为有些小报上说得一天一个样。好的报刊内容固定下来会变成书，而书也可以通过报纸的吵吵闹闹而得到发展、延伸。所以两者都是必要的，都是要读的。但我倒觉着，苦功夫、大功夫还是下在扎扎实实地读些书，尤其是应下在读些打基础的书、经典的书、严肃的书上。当然，以上是就一般意义上讲的，书有质量低劣的，报刊也有档次高的；书上的知识也有液态的，报刊上的知识也有固体的，严肃的报刊更是如此。

明人宋懋澄曾云："吾妻经、妾史、奴稗，然侍我于枕席者文赋，外宅儿也。"他以经书为妻，以史书为妾，以小说为奴，以文赋为情人，宋君可谓十足的"书淫"！以至于有位现代作家为堵借书者之口，幽默地说道"书与老婆概不外借"。这虽属幽默，但我想，报刊和电视是什么我说不好，但好书确确实实有点像发妻。

读　与　写

读书的目的全在于运用，这是毫无疑问的，就是纯消遣性的读书也不例外。"运用"是个很高的层次，"用"的前提是"运"，而"运"则有融会贯通，深刻理解，运算筹划等意思。要达此目的，不深读书、精读书是不行的，只读不写也是不行的。

第一，写可促使读书更认真，更深入。我们都有这个感觉，别说上点年岁，就是年轻的同志也一样，读书时一看好像什么都会，但一放下又像什么都不知晓，这概因读书不认真之故。这如吃饭一样，狼吞虎咽，囫囵吞枣，如何能消化得了？要消化吸收就必须要写。第二，写可促使比较，促使思考。没打算写文章和打算写文章，读书效果肯定不一样。俗话说，书到用时方恨少，这个"用"很大程度上是指写。好多书看的时候感想颇多，但要让你写一小篇读后感，你却觉得很难。原因是你没想去用它，没去深入思考它。说实话，即使写一小文章，恐怕你不反复翻书，反复比较相类的若干本书是写不出来的。这也和逛商场一样，你若想买什么东西，你肯定会认真、仔细挑选，还会反复询问、比较、讨价还价。反之你毫无目的乱转，可能一无所获。第三，写可促使记忆牢固。好多人都埋怨自己的记忆力不好，读了书记不住，其实不尽然。你见谁学会走路、学会骑自行车、学会打球忘了的？因此易忘不易忘与你动员多少器官去参与有很大关系。你若只用眼看，肯定记不深，但你若用上口，用上耳会好一点，再用上手，用上"行"，则肯定会好得多。"好记性不如烂笔头"即此理。第四，写可促使形成"产品"。人在读书时会产生许多奇思妙想、智慧火花，但它却稍纵即逝，若不记下来真是莫大损失，莫大遗憾。而你能随时记录下来，发掘、延伸、累积起来即成独家特色产品。要坚持下去，说不定一颗文学、思想"新星"就要诞生了！"读"字由言和卖组成，卖言为读。言即产品，即思想。而要卖，则必须将思想、言论变成"商品"，这不写行吗？

综上所述，我认为，写是思考比较，写是消化吸收，写是积累升华，写了才是自己的，否则，读而不写和狗熊掰棒子一样，别管掰多少，最后还是一穗。也如借东西一样，用一下后统统又还给了人家。

写，可以有多种写法，在书上做符号、做眉批是写，记卡片、摘抄是写，但是我认为这种写法还不是最重要的，最重要的是要经常写些文章。小到哲思小品，中到杂文小论，大到学术论文及至著书立说，不拘一格，如坚持下去就不得了了。因为人的大脑有时也有点"势利眼"，它专拣有用的知识"巴结"，你要用，就刺激了他的兴奋点，就会深入思考。这样下去脑筋会越用越灵的。当然，值得认真记笔记的书也不见得太多，但是即使一些当时用处不大的资料，也不见得以后不用，剪下来，或记在卡片上，不定什么时候就成宝贝了。记得鲁迅曾说，只要坚持做卡片，累至十年终成专家学者，即是这个意思。

写，既然有如此奇效，而许多读书人为什么却老不愿写呢？我觉着有以下两个原因，首先是惰性作怪，不想写，不愿写。惰性人皆有之，比如说，人能躺着不愿坐着，能坐着不愿站着，能走着不愿跑着。而在读书上亦是，能读轻松书不愿读严肃书，能读而不愿写。其实人成功的大小就决定于和自己惰性作斗争的自觉性和持久性。在某种意义上讲，你越不愿干的事就越强迫自己干，你就有可能成才。自在不成才，成才不自在就是这个道理。第二，自卑感作怪，不会写，不敢写。其实这也大可不必。人的潜力是无限大的，有时大到连自己也吃惊的程度。最重要的是干起来，动起来，在学中干、干中学。不要怕写不好，不要怕别人笑话，坚持下去，熟能生巧，巧能生华，你的笔路、文路会越来越宽。到时不觉其难，倒觉是一种享受、快乐。如学说外语，你若怕羞永不张口，那么读到博士学位可能也是哑巴外语。也如学一辈子游泳知识不下水，到老死也不会游泳。相反，把你扔到外国去，或把你扔在游泳池去摸爬滚打，受点羞辱，呛几口水，时间不长你的才能就长了！

动手吧！写吧！别迟疑了！

全在于运用

"学习的目的全在于运用"，没错。只学不做，等于没学。学一套做一套，不是真学。学了做不好，等于没学好。但要搞清楚：用，谁去用？用什么？什么用？我认为：不仅是别人用，更包括自己用；不仅是经济、政治之用，更包括精神、文化之用；不仅是有形之用，更包括无形之用等。有时学的过程就是用的过程。比如，学习中精神的愉悦、灵魂的净化、思路的启迪等，可谓"如人饮水，冷暖自知"，不足为外人道也。故，"全在于运用"，似不能总停留在太功利的层面上。

读书不要太功利

读书的目的是什么，历来有众多的说法，但大都是功利性的：

读书做官，读书成才，读书发财，等等。"知名度"最高的要数"书中自有黄金屋、千钟粟、颜如玉"了。照这么理解，好像读书本身没何乐趣，纯粹是手段，是苦差事。我觉着许多人不愿读书，与这种观念有关系。

我不否认读书应有目的，但在一定意义上讲，读书本身也就是一种目的。因为人活着总要有些乐趣，总要做点事情，而谁说读书不是一种乐趣，不是一件很高雅的事情呢？有些事情他的过程实际比结果的重要程度并不低，甚至高于结果。比如说钓鱼者并非掏不起买鱼的钱才去钓鱼，下棋的人、打球的人并不是为想当世界冠军才去做的，而这钓鱼、下棋、打球的过程本身就是一种乐趣，就是目的。他们做这些事情是因为这些活动有乐趣才去做，读书为什么不可以是这样呢？

当然，有些人读书必须要有目的，比如上学的读书为毕业，有些是为了攻读学位，有的是为做好工作，管好企业等，但从总体上看，这样的读书并不总是多数，大量的是其他类型的读书。即便是"功利"性的读书，也不一定非把此事搞得太枯燥、古板，太"神圣"。要善于从枯燥的事情中弄出点乐趣来，否则多难受啊！

那么，是否不要太功利，就是漫不经心，就是纯粹消遣，毫无目的呢？我绝不是这个意思。孔子讲，做任何事情，"乐之者"是最高境界。我就不信，你"乐之"的事，能不下功夫去做，能不用心去做，能做不出成效。其实许多人的成功就是这样形成的。练气功有句术语：有心练功，无心成功。这是有道理的。现在的许多人都太浮躁，还没干就想成名成家出政绩，刚读了两天书，就想出书得奖，就想得到社会承认，然后升官发财，如果实现不了，又马上凉了半截子，怨天尤人。"努力了就会成功"，作为鼓励，这句话也可以用，但实际情况并非总是如此。其实努力本身就是一种需要，一种乐趣，一种享受。持续终身的读书活动，其实它每时每刻都在你的身上产生着潜移默化的影响，在发生着量变，量变到一定程度，质变自然而然会发生，不用着急。

最后，我要强调的是：读书固然必须要有目的，但不要"太"功利；读书是要吃苦的，但更应把其培养成一种习惯、一种乐趣。不要太功利绝不是排斥功利，也不见得得不到功利，倒是太功利的，不见得得到功利，反而把读书这种高雅的活动给搞变味了！

读书和养生

我国汉代文学家刘向有句名言："书犹药也。"我以往理解此话是把"药"仅理解成文化、社会意义上的"药"，认为其只可以治疗智力、精神方面的"疾病"。其实并非完全如此。根据大量的科学实验证明，书不仅可治心病，而且可治身病，其在治身病方面的"药用价值"可与物质之药相媲美。

读书为什么可以治病、养生、延年益寿呢？科学家认为，这主要取决于"脑运动"的结果。人是动物，动物就要动，动不仅指动手、动腿，而且更要动脑，因脑是人体的司令部，司令部不动了，退化了，各"军兵种"能不退化吗？英国科学家柯斯基等人在分析大量资料后得出结论说：只有脑运动才能直接促进脑健康，通过脑协调与控制全身功能，达到健康长寿的目的。

读书是一种积极的思维方式，能使大脑产生一种高级化学物质——神经肽，这种物质可以增强细胞免疫力，有益于身心健康。勤于用脑的人，大脑血管经常处于舒张状态，以输送充足的氧气和营养物质，从而延缓中枢神经老化，带动血液循环，使全身各系统功能保持协调统一。古往今来许多名人都曾论及这个问题，如孔子读书废寝忘食不知老之将至；陆游言"读书有味身忘老"也是此意；现代著名作家秦牧说"书中自有妙药"；戏剧大师夏衍说得更具体："不爱动脑，不喜读书，不爱思考的人，很容易得老年痴呆症。"

在西方国家，有人对欧美16世纪后的400名杰出人物进行过寿命研究，结果表明，这400人的平均寿命为67岁，其中寿命最长的是那些大量用脑的科学家和发明家，他们的平均寿命为79岁。在已故的1940年以后的诺贝尔奖获得者中，活到80岁以上的有33人，其中活到90岁以上的有6人。

时下有许多人包括一些离退休的人员，不读书不看报，无所事事，生活毫无波澜，了无情趣，这是非常不利于身体健康的。如果说有些年轻人不爱读书固然对身体不利的话，那么他毕竟还有一些事情要做，而一些老同志若年轻时没养成读书动脑的习惯，退下来后又无事可做，那可就"惨"了！

读书除可以学到知识、促进动脑这个意义上的养生外，其实还有一个更重要的方面是可以怡情养性、增进修养，可以振作精神、增强"抗逆性"。尤其遇到好书，读到会意处，可高度入静，进入气功态，这对身体的益处、妙处真可达可意会不可言传的境界。尤其是人生坎坷、命运多舛之时，如无书相伴、无书滋养，真不可想象会是什么景象。

好书是可以超越时空的，是可以"万寿无疆"的，你终生与书为伴，不仅会沾福气、财气，更会沾灵气、仙气的。不信试试看。

从读原著说开去

读书可以有不同的读法，有的可泛读，有的可精读；书也有不同的类型，有严肃的书、轻松的书、消遣的书。我在此要说，无论什么类型的书，无论何种读法都要尽可能地读原著。尤其是对于严肃的书、经典理论书更应如此，更应读原汁原味的原著。

辅导书绝对不能代替原著。一本著作，有多少人读就有多少种理解，搞辅导的人未必不想忠实于原著，但是他所对原著的理解有些不见得是原著的原意，况且也不能否认有肆意歪曲者存在。你读了这些"二手货"，无异于在吃别人嚼过的馍，肯定没什么味道，甚或有些变味了。辅导材料当然还是要看的，可以作为入门向导，作为参考，但它绝不能代替原著。

读摘编本尤其是语录式的摘编本也不能代替读原著。"一切以时间、地点为转移"是马克思主义的重要原理，经典著作也不例外，尽管有普遍的指导意义，但也都是一定历史时期、一定环境中的真理。列宁说真理再前进一步就会变成谬误，而实际上真理离开了一定的时间、地点和环境，也有变成谬误的可能性。因此把原著给肢解掉再拼起来，有些已经是面目全非了。不能说摘编本都离开了原环境，更不是说都产生了谬误，但肯定有谬误的地方，起码有离开原意的地方，起码和读原著的感受是大不相同的。

读辅导材料不能代替读原著其实和听人传达会议精神与亲自参加会议感受不同是一样的道理。传达会议精神的人传达时是有取舍的，加上了自己的理解，更别说，讲话人的语调、表情，会场的环境、气氛更是你所感受不到的。无怪乎，有了电话，但却代替不了走亲访友；能开电话会，甚至能开可视电话会了，但面对面的开会方式还是必要的；世界各国间的间接交流方式尽管日益丰富、方便、快捷，但各国首脑间的互访却未见其减，反见其增。也可见，电影、电视上介绍各国风情的节目越来越多，但出国者却有增无减；介绍国内名山大川的不少，但外出旅游的人则更多。因两者感受不同，味道不同。

好书要精读

读书既要广博地读，又要精细地读。一般性的书可泛读，但好书、经典的书一定要精读。泛读，此处不议，单就精读简写如下。

毛主席曾说过：《红楼梦》要读七遍。

孔子读《易》，"韦编三绝"。把牛皮绳都弄断了三次，得读多少遍啊！

有语云："熟读唐诗三百首，不会作诗也会吟。"贵在"熟读"。

又语云："好书不厌百回读""书读百遍，其义自见"。

一位大师曾言："终生只读一本经。"我理解，未必"只读"一本，但先要读懂、读通一本，然后可触类旁通，融会贯通。

小时候读书，老师让背一些经典文章，实在是终身受益。

要攻某门学问，先找一本经典的书，读十遍八遍、三五十遍，乃至能背诵。"一通百通"，还是有道理的。

达·芬奇画蛋，亦是此理。

当然博、精不可偏废。"精"了才能更好地"博"，而"博"了亦能促进"精"。

家长何以不读书

许多家长在逼着孩子读书，而自己却不读书。他们的逻辑是：你不读书何以升学、何以就业、何以立足？而自己已经有了饭碗，且并不难混，何必读书？照此发展下去，孩子一旦成了家长，亦不读书了。若此，终身学习、全员学习的学习型社会何以能建立起来？可见，让更多的家长认清读书的重要性，且对其施加亦如学生那么大的学习压力当是重要的。况且家长亦不应忘记：身教胜于言教。自己不读书却逼着孩子读书，孩子真正的读书情趣和习惯能培养起来吗？

读书四不如

在某种意义上讲：

读十本一般的书不如读一本好书；

读十本一般的好书不如读一本经典书；

读十本经典书不如把一本经典读十遍；

把一本经典书读十遍不如把一本经典书里的最主要的观点信之、持之、行之。

劝学文我见

古劝学文："读、读、读，书中自有黄金屋，读、读、读，书中自有千钟粟，读、读、读，书中自有颜如玉。"

此文在古时遭遇如何，不得而知，在近时常遭受诟病倒是真的。于此，我深不以为然。我认为，此诗就算从纯为己计角度审观，亦无可厚非乃至有积极意义。试问通过勤奋读书得到好的结果有何不可？毕竟走的是正途啊！总比时下通过跑、通过买、通过歪门邪道得到个人私利好得多吧！

再说，该诗也没说，只是为个人得到"黄金屋、千钟粟、颜如玉"啊！如作者确实有宏大志向，不仅为自己，而且为他人、为社会发愿得到这些的话，那不是大乘精神、圣贤气象了吗？

还想说说，"颜如玉"的事。读书好不仅可得到美貌的配偶，也可令自己转变气质，光鲜形象，从而"颜如玉"起来，这是何等先进的理念和主意啊！

要读书而不要被书读

要读书，很重要的一点就是要摆正你与书的关系，即你是主，它是次；你是活的，它是死的。要做书的主人，而不要做书的奴隶；要作读者，而不能当"读徒"。说到底，就是要读书而不要被书读。阅读任何书，包括阅读经典名著，这个关系都是适用的。

我们常说，书是精神食粮，是精神营养，既然如此，也应注意食用适量和营养搭配。因为读任何书的目的都是为我服务的，也是要把它化为自己思想中的一部分。否则，你的头脑会成为别人思想的跑马场，会被五花八门、繁杂纷呈的书本知识塞满，一辈子也理不出个头绪，这无异于得了消化不良症。这样的读书又有什么用呢？

其实，读书有时是很轻松、很惬意的一件事。俗话说的"无聊才读书"讲的就是这个意思。百无聊赖时，拿一本书随便翻翻，这再省劲不过了。当然，这种读书方式也是必要的，但不能总是这样。总这样，你就成了书的奴隶了，你被书读了。有的人一辈子都在读书，但到死也没读出个所以然，只能是书虫而已。人的知识和能力是不成正比的，同样人的知识也绝不是和读书的多少完全成正比的。而关键是把死书读活。叔本华说："读书愈多，或整天沉浸于读书的人，虽然可以休养精神，但他的思维能力必将渐次丧失，此犹如长时间骑马的人步行能力必定较差，道理相同。"人，要做个读书人，而不要做读书虫；人，不能一味、一直满足于当读者，而也要尝试当当作者。当然，我绝没有贬低读书重要性的意思，相反正是强调了真正意义上的读书的重要。

曹聚仁曾经说过："我有点佩服德国大哲人康德，他能那样的看了一种书，接受了一个人的见解，又立刻把那人那书的思想排逐了出去，永远不把别人的思想砖头在自己周围砌起墙头来。那样博学，又能那样构成自己的哲学体系，真是难能可贵的。"是的，思想家、哲学家因为要用到许多的知识，所以非多读书不可，但他们的精神同化力极强，能把所有的书融化掉，成为自己思想的组成部分。吾等是难望思想家项背的，但学学他们的做法则肯定是有益无害的。

学 习 感 言

学习贵在打基础，贵在循序渐进，贵在持之以恒。要肯下笨功夫、实功夫、真功夫。学任何知识，一开始只能是用"加法"，即不可能进展得太快。加法，看起来慢，但持续下去会得到了不起的效果。否则三天打鱼两天晒网则用的是减法了。加法用到一定的时间，就会产生突变的效应，即该用到乘法了，再坚持下去则可能变成乘方了，即触类旁通、一通百通了。此亦可理解为从量变积累到质变飞跃的过程。

此一切的关键在于坚持。坚持坚持，坚一下易，持续、持久则难。唯其难，其效也显，"难能可贵"者是也。

学习若与科研做试验然。试验是在一定的条件下将各种原料结合起来，力图让其产生出新的产品的过程。学习亦然，一个人的脑子里实际上存放着许许多多的各种原料、成品和半成品，而学习呢，则是又填进了一些新的原料、成品和半成品。新填进来的与固有的这些"材料"，是要发生反应的。反应有两种类型，一种是物理反应，即数量的增加，还有一种更重要的就是化学反应，即不同的知识或曰"材料"，互相融合、碰撞后产生出新的产品、新的"种群"。发生更多更好化学反应的基本条件是：第一，脑中固有的知识应种类繁多，应有条理，应有一定的量；第二，新学习即新购进的料亦是精料，有用的料，有一定量的料；第三，要创造条件认真"加工"，即要整理、要思考、要研究，等等。

读书学习，既要泛读又要精读，胡适言："为学要如金字塔，要能广大要能高"，即此意也。读书学习，既要读一般的书，又要读经典。我要说的是，现在的人浮躁、急功近利者居多，故泛读的人多，精读的人少，读一般书的人多，读经典书的人少。而我们必须要认识到，泛读重要，精读更重要；读一般书重要，读经典书更重要。一般书泛读即可，甚或不读亦罢，但经典一定要读，一定要精读，读它三遍五遍、十遍八遍，乃至百八十遍甚或更多遍也是必要的。不仅要读，还须能诵。诵即背诵，要背得滚瓜烂熟，要能倒背如流。按佛教讲，若此才能进到阿赖耶识里去，才能种下智慧的种子。所谓"一门深入"是也。而决不能像小猫钓鱼一样，见异思迁、浅尝辄止。"好书不厌百回读"，"书读百遍，其义自见"，"思之思之，鬼神通之"即此理也。实际上使之"通"者并非"鬼神"，而是当事人聚精会神、反复学习思考后融会贯通之通也。一些经典书的内容一时不懂，没关系，读下去就是了，背诵下来就是了，把它搁在肚子里，有时间就倒腾出来，再咀嚼一番，然后和新的阅历、新的体验、新的知识发生点反应，如此会常学常新、常思常得的。比如牛吃草，先吃下去，有时间了再反刍一番的道理是一样的。陶渊明"好读书，不求甚解"，亦有此意趣否？

学习、思考、实践

党的十六大指出，党员干部"要成为勤奋学习、善于思考的模范，解放思想、与时俱进的模范，勇于实践、锐意创新的模范"。此要求讲到的三个环节是需要认真把握的，即学习、思考、实践。讲到此，我想到了传统文化中的一些语句，与此是相契合的。如孔子曰："学而不思则罔，思而不学则殆。"此处讲的就是要把学习和思考紧密地结合起来，况且此处之学也应包括向实践、向别人学习的意思。还比如，孔子曰："学而时习之，不亦说乎。"此处所言"习"者，不仅指复习，更重要的是指实习、实践。即学习要和实践相结合。又如佛教讲修行的基本方法，就有"闻、思、修""信、解、行、证"等，而此不正是与"学习、思考、实践"相契合吗？

理论和实践

一位青年向我"请教"：理论重要还是实践重要。我才疏学浅，无言以对。只好狡辩反诘：你说男人重要还是女人重要？说实话，这些问题是和"先有鸡还是先有蛋，鸡重要还是蛋重要"一样，无法简单作答，甚或永无定论。

　　不过凝神思之，其中还是可以分出层次，悟出道理来的。我觉着在初级层次上讲，实践似乎比理论更重要一些，而在高级层次上说理论又似乎比实践显得更重要。不知此说能否成立，但肯定是能找出例证的。如小孩学走路，他没有理论指导，照样能学会，又如许多学写字、写文章的，学打乒乓球、学游泳的，又有多少人是先学了高深的理论，在理论的指导下才去实践的呢？反过来讲，若不让一个小孩走路，不让人写字、打乒乓球……而只让他成天学理论，恐怕他学一辈子理论，也只是"理论理论"而已，一点实际作用也没有。由此可见，在初级层次上，实践确确实实比理论更重要一点，但向高层次上发展恐怕就不一样了。不信你看：你会走、会跑容易，但要成全国、全世界竞走、赛跑冠军，恐怕除了刻苦锻炼外肯定要有理论指导；你会写字、会写文章容易，但要成为书法家、文学家，恐怕一点书法、文艺理论修养都没有是办不到的；你不懂收录机、电视机理论照样可以使用，但要让你去研制收录机、电视机恐怕你没理论是根本不行的。这样的例子不胜枚举。当然这个问题也不是绝对的。有的人一辈子没有研究理论，在实践上也还是做出了优异的成绩，如《卖油翁》一文中讲的卖油者谈到从葫芦通过钱币孔向瓶中倒油而使钱币不沾油时，仅仅认为是"手熟尔"；而有的人虽然在实践上无大建树，比如说他写不出好的文学作品，却可能在文艺理论研究方面有建树；有的体育理论工作者也不见得就是世界冠军，等等。因为世界上绝对的事物本来就是不存在的。这也说明，实践中有理论，理论中有实践，理论和实践本来就是分不开的。"没有革命的理论，就没有革命的行动"，是革命导师说的，"一个行动，胜过一打纲领"，也是革命导师说的，这两句话都对。一切真理都是相对的，都以时间、地点为转移，离开了具体情况具体分析就没有了真理，就没有了马克思主义。

再说理论与实践

理论和实践必须结合，而实际上不管你自觉不自觉，人人都在结合。只不过是有结合得紧密不紧密，结合的方法对不对之分；在结合中又有偏重理论和偏重实践，有出发点和归宿点着重在理论还是着重在实践之分而已。

比如，有的从实践到实践，对理论没兴趣，一辈子不重视理论思维，那么他可能终是个低层次的劳工，或事务主义者而已。有的只偏重理论，发展轨迹是从理论到理论，一辈子不重视实践，不深入实践，从校门到校门，从理论到理论，从书本到书本，这样的人所写的文章可能很顺溜，但不会太有生机，用处也不会大到哪里去。因他说的话都是死的，没有生命，这样的人充其量是空头理论家，而空头理论家是不能算理论家的，把这样的人叫书呆子会更准确一点。"百无一用是书生"可能指的就是这种人。有的人的出发点和归宿点都是实践，但他的实践是在理论指导下的实践，他的理论思维是在活生生的实践基础上产生的活生生的思维，这样的人不见得有太高深、太系统的理论水平，但他的思想肯定是活的，是有生命力的，这样的人可称之为实干家、实业家、社会活动家、行政家，等等。还有一种人，他的出发点和归宿点都是理论，但他的理论是在实践基础上的理论，他的实践是有理论指导的实践，是为了提炼、总结理论的实践，是高层次的实践。他在理论指导下的实践中提炼概括出理论，发展了理论。因此他的理论是真正的理论，这样的人可称为理论工作者，其中的优秀者可叫理论家。最高层次的一种人，是那种不仅重视自己的实践而且能带领更多的人去实践，并且能把握时代的脉搏，顺应发展趋势，在大量实践的基础上提炼出新的理论，然后再与现有的理论结合，经过扬弃发展后，用此理论再去指导实践，经过循环往复的不断努力，使理论日臻系统、完善。这些能自成一派、自成一家学说的人可称为思想家。

没有实践就没有根底，没有生命；没有理论就没有档次，没有方向。理论源于实践，高于实践，正像艺术源于生活，高于生活一样；实践产生理论，检验理论，也正像生活孕育艺术、发展艺术一样。"理论是灰色的，生活之树常青"，其道理一如美貌的少女是鲜活的人，而人物雕塑和画作是死物一样。尽管理论是灰色的，但理论可以是永恒的，尽管生活之树常青，但生活之树却是瞬息万变的；一如尽管人物雕塑和画作是死的，但却可以做传世佳作，尽管美貌少女是鲜活的，但却是转瞬即逝的一样。

什么叫好学

什么叫好学？要让今人去回答，肯定会从如何读书、实践，如何废寝忘食、夜以继日讲起；要问专家教授，那还不给你洋洋洒洒地讲个万八千言？那到底什么叫好学呢？请听孔夫子是怎么说的："君子食无求饱，居无求安，敏于事而慎于言，就有道而正焉，可谓好学也已。"我理解有三：第一，重"道"，而不重"食""居"；第二，重在行动，而不在"言"，即"敏事慎言"；第三，以有道德学问者为师、为友、为楷模，规范自己的言行。若此，即为"好学"。

我的记忆法

第一，有愿望，我要记住；

第二，有信心，我能记住；

第三，有前提，我应理解；

第四，有功夫，我多重复；

第五，有技巧，我善联想。

读书偶感

世上有那么多的书，但值得读的书并不多；如果说值得读的书还不少的话，但适合自己读的书并不多；如果说适合自己读的书还不少的话，但值得反复读的书并不多；而在值得反复读的书中，值得一生反复读的书更少。

读书如交友。广交朋友也是必要的，但重要的还是要深交真朋友，尤其应交能陪伴一生的朋友。

把书读活了

书再好，如不读，如不认真读、精读，如不用心、用生命去读，那么书就会是死的，与你毫不相关。要把书读活了才行。怎么才算读活了？要读熟了，能背诵，脱口而出。要读出文字背后的意义，把书里的人读得生龙活虎起来，然后把自己摆进去，与书里的人处在同一环境，同忧同喜。更重要的是要把书中的奥义化进自己的灵魂，化为自己的世界观、人生观，化在言行举止上。当然值得这样读的书不多，所以选一些这样的书，读一辈子是值得的。

为 学 秘 诀

为学有秘诀吗？有，亦没有。套用佛经的表述方式，可谓：说秘诀，即非秘诀，是名秘诀。秘诀何名？即：诚敬。过去有人问印光法师："学佛有没有秘诀？"印光法师说："有。一分诚敬得一分利益，十分诚敬得十分利益。"你要把诚敬做到了，为学的钥匙你就拿到手了。学佛与学其他知识一样。有人言："学生有十分诚敬心，老师教他九分，对不起这个学生；学生只有一分诚敬心，老师教他两分，就多余了。非老师不教也，实乃超过一分，他就漫掉了。"在校为学若是，拜师为学若是，自学、读书亦然，均应作自己在场想：打开书本，如面佛天，如临高师，检束身心，聚精会神，不敢左右顾视，不得交头接耳，好好听老师"耳提面命"。如此十分诚敬，想不获十分利益，亦不能也。

每天写作，好处多多

时间过得真快，一转眼，我坚持每天写日记已近7个月。我粗算了一下，按每天 1 千字算，现已达20多万字，堪比以往多年的写作量。看着这么多自己辛勤劳动的成果，心里有一种成就感、充实感、自豪感、愉悦感！

我想坚持写文章的打算已有多年，甚至在小的时候就有这个想法，但一直未能实施。其固然有工作忙的原因，但主要是因为懒惰所致。期间虽下过多次决心，也开始过无数次，但一则坚持不下来；二则作品散乱，没有积累；三则质量不高，大多是些一鳞半爪的原料或半成品，成不了系统，成不了气候。1999年春节时，我去拜望北大老教授季羡林和北京图书馆馆长任继愈老先生，他们都已是耄耋老人，但每天都坚持写千字左右的文章，很是令人钦羡。平时我要一听说某某每天都坚持写文章，就特别羡慕。但我坚持写文章的决心却老是下不了，有时自己也经常责备自己没出息。

我下决心坚持"每天写"，是得益于我最知心朋友的启迪。我永远也忘不了！在一次电话交谈时，他说道，人的潜力是很大的，有时大到连自己都不知道的程度，你正干着的事情不一定是你最有潜力的方面，而你最有潜能的方面可能自己还未挖掘。这话对我的启发太大了！一下子让我想到了我是否应在"写"方面考虑一下潜能的问题。我说干就干，立即行动，1999年6月底下决心，7月1日开始了日记的写作。并立下决心：一天不隔地写下去。真想不到，我不仅坚持了下来并坚持得比预想的还好。现在可以说是初见成效，初尝甜头。其好处起码有以下几方面：

一是整理了既有思想，发掘了新的思想。我自认是个较为理性的人，爱哲学，好哲思，喜深入考虑问题。再加之政界几十年的阅历经验，可说是坎坎坷坷，甜酸苦辣，自有别人无法理解的体验。有此"阵地"，把既有的思想进行整理并系统编排起来，使其程序化，并"入库"存起来，非常必要。同时，我每天或读书或工作，或参观或讨论，或醒时或梦里时常有无数的稍纵即逝的火花迸发出来，将其随时"逮住"，加工好后储备起来，真是一种享受。

二是可积累经验促进工作。毛主席说过，我是靠总结经验吃饭的。一个聪明的人就是善于总结自己和别人经验的人。但总结经验须把其有用的东西随时记下来，并过一段时间将其累积整理，即既要"总"，又要"结"，使其理性化才有用，才能用。半年多来的写作既对我以往的工作经验来了个初步总结，又对别人的经验来了个留心审视和"拿"来。经过如此努力，对我的工作产生了莫大的帮助。

三是引起了读书的更大兴趣，促进了学习的深入化。以往读书看材料不少，但因为没想到"用"，所以往往看得不认真，记不住；且因没编"程序"，过后查都查不着，故效果不太理想。现在不同了，读书时思想受到启发随时把火花写下来；看到好思想、好句子要录下来；要写个什么题目更需要去专门查资料，反复翻书；读好文章的读书笔记可直接作为一种文本积累起来，等等。这样的读书就不仅仅是动眼了，而变成了动眼、动手、动脑的结合，读书效果肯定要好得多。

四是可以宣泄自己的情绪，释放能量，愉悦身心，使自己活得更充实。人的能量不释放，情绪不宣泄，时间长了会出问题。向外界宣泄和释放都有个职务和角色的问题。我觉着用这种日记体的方式，自己和自己说话，向自己倾诉，真的是一种好方法。我的文章每每向最知心的朋友赠阅，既得到他们的指点，又增加了情感交流。每过一段时间自己翻阅一下自己的文章，总有一种读别人文章不曾有的滋味。

五是歪打正着，在"文坛"上竟插了一足。真是有心栽花花不发，无心插柳柳成荫。我写作本不想发表，但却有许多报刊向我约稿；我本怕出名，但许多人通过这个渠道却更多地知道了我；我根本没想到什么获奖，但我的散文和诗作却分别获得了国家级的提名奖和省级的优秀奖！要不是我坚持写作的话，说不定这一辈子也不会知道我还有获此"殊荣"的可能性。因为我是一直对文人们怀有一种深深的敬意的，根本没想到我还是"这块料"。不过我也非常清楚，正因为许多政界的人不想写、不会写、不屑写、顾不上写，所以偶有像我这样的人写出点稍有特色的文字出来，让人感到有些清奇风格，故才垂青一下，"成功的秘诀在于与众不同"而已。

有朋友问我，你每天坚持写那么多文字，好则好矣，但太累了，隔几天写一次，少写点不行吗？我说不行。人是很懒惰的，是最容易放纵和原谅自己的。每天写都有写的理由和条件，但反过来说，你有一天不写的理由就能找到十天、二十天、一百天不写的理由。况且我觉着，坚持下去后，该写的话题越来越多，体裁越来越广，文思越来越敏捷，现在我写作根本不觉其苦，只觉其乐，不觉其难，只觉其易，写作成了一种乐趣、一种享受了。

《中国青年报》曾载李敖的文章说，他现在的著述已超过了1500万字。要是以往我听到此，真觉着会是个天文数字。但你把其平均开来看，他现在65岁，除去25年的积累时间，40年，一年就是30多万字，一天也就是一千多字嘛！人只要坚持，一天一千字并不是太难，但要从20岁写起，写到80岁的话，就是两千多万字啊！且别说质量好坏，也不一定非求出书发表，你要这么坚持下去的话，对毅力是何等大的锻炼，对素质是何等大的提高啊！

大量的事实说明了一个真理：绳锯木断，水滴石穿；宝剑锋从磨砺出，梅花香自苦寒来。马克·吐温说过："人的思想是了不起的，只要专注于某一项事业，那就一定会做出使自己感到吃惊的成绩来。"

最后我要发自内心地说："每天写作，好处多多！"

我还想说："感谢命运，更感谢启迪我写作的亲爱的知心朋友！"

（本文写于2000年1月31日）

读书与交友

好书要熟读，好友要深交。读书做学问以熟读诗书为根基，饱学之士即一些书烂熟于心的人；做人做事以得人为根基，有成就之人即有一批人才鼎力相助。书不读熟如无交深之友，关键时刻派不上用场；把生书读熟了如有自己的精锐之兵，随时调遣自如，敢打必胜。

学习应该一门深入

读书即要博，更要精。

学习即要广，更要专。

要在博的基础上精，在广的基础上专。否则，可能会成为四不像、万金油，会成为百无一用的书生，成为书呆子。如果把中国优秀传统文化比喻成一座大厦，这座大厦是儒、释、道三足鼎立的，也可以说是由儒、释、道三个门径可入的。

学习先要入门，否则就只能在门外边转悠，不得其门而入。实际上，这座大厦你从哪个门进去都是可以进入中心的，都是可以进到大厦高端的。三个门指的是大门，而大厦不仅有大门，每个门径又是可以有多个乃至无数个小的门径的，正像通往北京的道路有千条万条一样。

举例来说吧，儒家是一个大门，而儒家的四维、五伦、八德等等就是一个一个的小门径。通过这些小的门径的一门深入，可入儒家的大门径，即可直抵大厦的核心。

比如儒家的一个"孝"字，真的做好了，那么，你孝自己的父母，当然要孝所有人的父母；你孝自己的长辈，当然要孝所有人的长辈；你孝所有人的长辈，当然要孝民族人类的祖辈；你孝人类的祖辈，当然要孝天地宇宙大道。就是说，如果你真的把这个"孝"字做好了，这一切就统统得到了。这何止可以进入中国传统文化的大厦呢？可谓能进入尽虚空遍法界了，乃至可以成贤成圣了。

可见，学习贵在一门深入，长期熏修，贵在知行合一，知一个字做一个字，学一句话行一句话。不能像小猫钓鱼一样三心二意，不能像天桥把式一样光说不练。那样的话，不仅一无所获，还会给人留下笑柄。